Appelbe / Durst / Fieberg / Katzmarz

Schleichende Schatten

AF222086

»Ein Traum von einer Buchhandlung!«
Iris Radisch, Jury-Vorsitzende Buchhandlungspreis 2016

Buchhandlung Böttger in der Maximilianstraße 41, Bonn

Ein erlesenes Sortiment aus zeitgenössischer Belletristik
und Klassikern, mit den reichhaltig bestückten Abteilungen
Lyrik, Philosophie und Kinderbuch –
fachgerechte Beratung in allen Bereichen inklusive

Wechselnde Ausstellungen in den Galerieräumen
im Untergeschoss, regelmäßige Veranstaltungen
mit Autoren aus dem Sortiment,
außerdem ausgewählte Drucke in der *Edition Böttger*

2016 ausgezeichnet in der höchsten Kategorie »Beste Buchhandlungen«

Uwe Appelbe / Uwe Durst /
Andreas Fieberg / Hubert Katzmarz

SCHLEICHENDE SCHATTEN

»Wochenende der Phantastik«
in der Buchhandlung Böttger, Bonn
20. – 22. September 2024

Bibliographische Information der Deutschen Nationalbibliothek:
Die Deutsche Nationalbibliothek verzeichnet diese Publikation
in der Deutschen Nationalbibliographie; detaillierte bibliographische Daten
sind im Internet über dnb.dnb.de abrufbar.

© 2024 edition gedankenstrich, Band 9
Titelgraphik: »Pesta i trappen«, Theodor Kittelsen (1896)

Verlag: BoD • Books on Demand GmbH, In de Tarpen 42, 22848
Norderstedt
Druck: Libri Plureos GmbH, Friedensallee 273, 22763 Hamburg

ISBN: 978-3-7597-7597-9

Inhalt

Uwe Durst

Fliedertee

»Möchten Sie noch eine Tasse?« Gabriele antwortete nicht, was so gut wie eine Zustimmung war, und Else füllte das heiße Getränk in das Porzellantäßchen ihrer Puppe.

»Ich hab' gleich gewußt, daß Sie Fliedertee mögen.«

Sie hatte im Schneidersitz auf dem Boden des Kinderzimmers Platz genommen. Gabriele hingegen saß auf einem Stühlchen aus rosa Plastik und betrachtete stumm das ausgebreitete weiße Tuch, das den Tisch darstellte.

»Nehmen Sie doch etwas Gebäck«, sagte Else und legte zwei Kekse auf den Unterteller ihrer Freundin, was Gabriele ohne Einwand geschehen ließ. Zwar hatte die Mutter verboten, daß Else, die zum Dicksein neigte, sich selbst aus der Schublade mit den Süßigkeiten bediente, aber die Mama war heute abend nicht zu Hause. Sie besuchte eine Bekannte, die kürzlich selbst Mutter geworden war, und würde erst spät zurückkehren.

»Der Urlaub in Frankreich hat Ihnen gut getan. Wie frisch Sie aussehen«, plapperte Else, »die Zeit kann Ihnen nichts anhaben, wie es scheint. Mein Mann und ich haben auch vor, an die Azurküste zu reisen, schon im nächsten Sommer.« Sie nippte an ihrer Tasse. »Man ist ja so eingeschränkt mit dem Kind.«

Durch die Glastür sah man in den Garten, dessen Bäume fast alle Blätter verloren hatten, der Wind wirbelte das Laub über den Rasen.

Der Himmel war mit schweren Wolken bedeckt. Schon um

drei Uhr hatte man die Lampe einschalten müssen. Vielleicht würde es ein Unwetter geben.

»Mein Mann ist freilich ganz vernarrt in unsere Tochter. Es kommt für ihn gar nicht in Frage, daß wir sie für ein paar Wochen bei der Oma lassen«, sagte Else. »Er küßt sie den ganzen Tag.«

Sie lachte hoch und spitz.

»Noch etwas Tee?«

Eine einzelne Wolke drehte sich langsam um sich selbst und flog in Gegenrichtung weiter.

»Es passiert schon wieder!« flüsterte Gabriele.

Sie neigte den Kopf. Er war aus Stoff gefertigt und mit aufgestickten Augen, einer Nase und roten Lippen versehen. Sie lauschte aufmerksam.

»Hören Sie?«

»Nein! Ich höre nichts«, erwiderte Else und schüttelte den Kopf. Aber sie zog die Schultern hoch und krümmte den Rücken. Das Laub flog ums Haus wie ein Schwarm brauner Vögel.

»Drehen Sie den Schlüssel um!« flüsterte Gabriele.

Der graue Himmel flackerte und verlosch für einen Augenblick, in dem vollkommene Dunkelheit herrschte, denn auch die Lampe war ausgegangen.

Schritte kamen den Flur entlang.

Die Sonne hinter dem Wolkenteppich wurde neu entzündet, und die Lampe schaltete sich wieder ein.

Im Türschloß steckte ein silberner Schlüssel.

»Drehen Sie ihn um!« flüsterte Gabriele.

Else schüttelte den Kopf.

»Seien Sie doch nicht so dumm!« zischte die Freundin. »Es wird gleich passieren!«

Das ausgebreitete weiße Tuch stellte den Tisch dar.

Gabriele saß auf einem Stühlchen aus rosa Plastik.

Else krümmte sich zusammen. Sie schlang die prallen Arme um ihren Leib.

Uwe Durst

Die Peinigung

Immer ist die Frau bei mir, ich spüre den Blick ihrer Augen auf meinem Hinterkopf. Oft benehme ich mich, als ob ich sie nicht sähe, aber das Licht ihrer Augen verbrennt mein Haar, und Angst kommt über mich, als hätte ich mich allzu weit über einen Abgrund gebeugt, als wäre ich verrückt geworden und könnte meine Hände nicht davon abhalten, mich zu ermorden.

Freilich habe ich niemandem davon erzählt. Ein Arzt, von dem die Rede geht, daß er wahnsinnig sei, ist ruiniert. Aber ich bin nicht verrückt, auch wenn ich es eine Zeitlang selbst geglaubt habe. Ich rede nicht über Einbildungen. Es handelt sich keineswegs um irgendeine Art von Halluzination.

Zum ersten Mal habe ich das Weib vor rund einem Jahr erblickt. Es war Abend, meine Angestellten hatten sich bereits verabschiedet, und ich wollte eben die Praxis schließen, um gleichfalls nach Hause zu gehen, als Frau Memmler mich aufsuchte.

»Guten Abend«, sagte ich.

Sie kam zwei oder drei Mal im Quartal zu mir, weil sie ihren Körper ängstlich beobachtete und sich von allerlei Krankheiten befallen sah.

Auch ich fühlte mich ein wenig fiebrig.

Als ich aber die Tür hinter ihr schließen wollte, trat eine mir unbekannte Greisin herein, die mit Frau Memmler das Treppenhaus heraufgestiegen war.

»Eine Freundin?« erkundigte ich mich, doch Frau Memmler hatte schwache Ohren, und ihre Begleitung machte ein

Gesicht, als verstehe sie nicht, was ich sagte, so daß weder die eine noch die andere mir Antwort gab.

Ich deutete auf den Eingang meines Untersuchungszimmers, und beide gingen hinein.

»Haben Sie wieder Kopfweh?« fragte ich mit lauter Stimme. Frau Memmler verneinte es. Sie hatte vor dem Schreibtisch Platz genommen, während ihre stumme Begleiterin in einer Zimmerecke verweilte. »Zur Zeit ist es nicht schlimm. Aber hier – sehen Sie diese braunen Flecken?«

Sie hielt mir ihre rechte Hand entgegen, auf deren Rücken sich tatsächlich unschöne Verfärbungen zeigten. Ich warf einen raschen Blick darauf.

»Das sind Altersflecken«, diagnostizierte ich. »Kein Grund zur Beunruhigung.«

Dabei entsprach das keineswegs meiner wahren Auffassung, denn was könnte beunruhigender sein als das Alter, das sich in der zunehmenden Verunstaltung des Leibs manifestiert?

Frau Memmler war Mitte vierzig, ihre Lederhaut hatte an Wasser und Fett verloren und begonnen, sich vom Gewebe der Unterhaut abzulösen, die Zahl kollagener und elastischer Fasern hatte sich bereits stark reduziert, das Bindegewebe erschlaffte nach und nach, und starke Mimikfalten waren hervorgetreten.

Aller beruflichen Übung zum Trotz habe ich den Ekel vor alten Menschen nie verloren.

»Es ist kein Krebs?« beharrte Frau Memmler. »Oder ein Pilz?«

Ich schüttelte den Kopf und hielt ihr meine eigene Hand hin, die in noch größerem Maße von senilen Pigmentstörungen befallen war.

Wenn ich morgens erwache, habe ich einen sauren Geschmack im Mund, der mir in meiner Jugend unbekannt gewesen ist.

Frau Memmler beugte sich über meinen Handrücken und musterte ihn eingehend.

»Allerdings«, sagte ich, »gibt es eine Form des malignen Melanoms, die sehr ähnlich aussieht. Deshalb sollte ein Dermatologe doch einen Blick darauf werfen. Nur zur Vorsicht«, betonte ich und unterschrieb ein Überweisungsformular.

»Aber Sie glauben, daß alles in Ordnung ist?«

»Ja«, sagte ich. »Es sind Altersflecken.«

Früher habe ich nie Schmerzen im rechten Knie gespürt.

Meine Patientin nahm das Formular und erhob sich.

»Vielen Dank. Gleich morgen werde ich zum Hautarzt gehen«, versprach sie, und ich nickte.

Noch hatte Frau Memmler auf gewisse Art ein hübsches Gesicht, das braun gefärbte Haar glänzte vor Chemie, und eine große Brust wölbte sich unter ihrer Bluse.

In der Jugend waren meine Hoden bis zum Platzen mit Sperma gefüllt.

Wir gaben uns die Hand, ich öffnete Frau Memmler die Tür meines Untersuchungszimmers, geleitete sie und ihre Freundin hinaus und sperrte die Praxis auf, die ich vorsorglich schon abgeschlossen hatte, um weiteren Nachzüglern vorzubeugen.

»Auf Wiedersehen«, sagte ich. »Und auch Ihnen: Auf Wiedersehen«, fügte ich hinzu, indem ich Frau Memmlers Begleiterin ins Auge faßte.

Doch wiederum blickte sie mich mit unbewegtem Gesicht an, als ob sie meine Sprache nicht verstehe und nicht begreife, was ich ihr sagte. Sie wartete neben mir, als Frau Memmler hinaustrat und die Stufen abwärtsschritt, tiefer und tiefer hinab, um Absätze bog, immer weiter schritt und schließlich, in der größten Tiefe, das Gebäude verließ. Dumpf schlug hinter ihr die Haustür zu.

»Sie sind also ebenfalls eine Patientin.« Ich war verwirrt. »Es tut mir leid. Ich dachte, Sie hätten nur Frau Memmler beigestanden. Sie bringt häufiger eine Freundin mit, weil sie sich vor Untersuchungen fürchtet.«

Die Alte hielt ihre weiten Augen auf mich gerichtet, vor denen ich unwillkürlich den Blick senkte. Ich bemerkte, daß sie in ausgetretenen Pantoffeln zu mir gekommen war, genäht aus blauem Stoff, und daß die Strumpfhose, die sie trug, schlaffer Haut ähnelte, so locker saß sie auf dem welken Fleisch.

»Gehen wir zurück ins Untersuchungszimmer. Dann werde ich Sie mir ansehen.«

Sie hatte keine Straßenkleidung angezogen. Sie wohnte im Haus! Ein Schauer überlief mich bei dem Gedanken: Fortan wird sie immer wieder zu dir kommen, wenigstens ein Mal im Quartal, oder öfter, unter Umständen jeden Tag.

»Nehmen Sie Platz«, murmelte ich, indem ich mich wieder hinter den Tisch setzte und die alte Frau eingehender betrachtete. Sie war von feister Gestalt, das Haar fettig, nußbraun und so dünn, daß man die Kopfhaut erblickte, das runde Gesicht aber äußerst weiß, noch weißer ob des dunklen Haars. Trotz der Körperfülle schien es fast bis auf die Knochen durchsichtig zu sein, dabei von großer Zartheit. Den Mund hatte sie daumenbreit geöffnet, wodurch man die schlechten, vom Tabak gebräunten Zähne sah. Nun bemerkte ich, daß sie kein Kleid, sondern eine Kittelschürze trug. Sie blieb stehen und rührte sich nicht.

»Was führt Sie zu mir?« wollte ich wissen.

Die Schürze war mit Flecken bedeckt, bei denen es sich mutmaßlich um Speichel und die Spuren vergangener Mahlzeiten handelte. Sie wurde von einer Reihe grauer Plastikknöpfe geschlossen. Jeder Knopf war so groß wie ein Zweimarkstück, und drei fehlten, wodurch der blaugrüne Stoff auseinanderklaffte und dem Auge ein Stück des runzligen Leibs offenbarte.

»Was haben Sie?« fragte ich.

Die Greisin antwortete nicht. Aber das Licht ihrer Augen schien auf mich herab.

»Es ist spät. Wenn Sie keine medizinische Hilfe benötigen, würde ich gern nach Hause gehen.«

Vielleicht eine Form der Demenz, dachte ich.

Ihre Arme waren aufgedunsen, die Hände groß und plump, die Nägel mit Trauerrändern geschmückt. Ich überlegte, ob ich die Polizei rufen solle, als sie sich langsam umwandte und stumm das Untersuchungszimmer verließ. Durch die offene Tür sah ich, wie sie den Korridor entlangschlurfte, die Praxis aufklinkte und ins Treppenhaus hinausging.

Ich atmete erleichtert auf und wartete eine viertel Stunde, in der Hoffnung, daß sie sich in dieser Zeit entferne. Dann hängte ich den weißen Kittel in den Schrank, zog meinen Wintermantel über und sperrte die Praxis zu. Indes, als ich die Stufen hinunterging, hörte ich, daß mir jemand folgte: die alten Holztreppen knarzten unter seinem Gewicht.

Draußen war es eiskalt, ein Atemnebel stieg jedermann aus Nase und Mund. Mich fröstelte, trotz Mantel und Schal, und ich preßte mir die Arme an den Leib. Gleich bist du daheim, dachte ich und vernahm, wie hinter mir die Tür erneut aufgedrückt wurde. Ich warf einen ängstlichen Blick zurück: die Alte kam aus dem Haus.

Meine Wohnung lag nur ein paar Straßen entfernt, und ich beschleunigte meinen Gang, als ich erkannte, daß das Weib in der Kittelschürze den selben Weg nahm wie ich selbst: Ich hörte, wie die blauen Pantoffeln hinter mir über den Asphalt kratzten und, trotz der großen Schritte, die ich machte, nicht etwa zurückfielen, sondern mir näher und näher kamen. Ich beeilte mich. Ich beschleunigte meinen Schritt noch weiter. Ich versuchte, sie abzuschütteln. Ich wechselte die Straßenseite.

Und auf einmal rannte ich vor Abscheu.

Ich stürzte die Straße hinunter, lief quer über eine Wiese, machte auch einen Umweg, um die Alte zu täuschen, denn ich fürchtete, sie könnte anderenfalls erfahren, wo ich zu Hause sei! Endlich gelangte ich heim, ließ die Tür hinter mir ins Schloß fallen und hastete die Treppe hinauf.

Als ich meine Wohnung im vierten Stock betrat, war ich sehr vorsichtig, auf daß das Weib nicht hinter meinem Rücken gleichfalls hereingelange. Ich legte die Kette vor und drehte den Schlüssel zweimal um, froh, meiner Peinigerin letztlich entkommen zu sein.

Den ganzen Abend lang glaubte ich allerdings, daß jedes Geräusch, das von der Treppe in meine Wohnung drang, von der Alten stamme; doch immer handelte es sich um einen Nachbarn, der entweder zu seiner Wohnung heraufstieg oder das Gebäude verließ. Auch sah ich häufig aus dem Fenster, in der Erwartung, sie vor dem Haus zu erblicken, wie sie mit ihren leuchtenden Augen zu mir emporsah.

Ich erwachte am Morgen in meinem Bett, die fast leere Flasche an mich gedrückt wie eine Geliebte. Sonnenlicht fiel durch die Scheiben, der Himmel versprach einen klaren Tag.

Das Erlebnis des gestrigen Abends schien mir nun nichts weiter als ein Traum gewesen zu sein: je mehr ich darüber nachdachte, desto sicherer war ich mir, daß nichts wirklich geschehen sei, daß ich, wie an allen anderen Tagen auch, nach der Arbeit heimgekehrt und mich betrunken hatte, im Rausch jedoch von einem Alpdruck gequält worden war. Im Sonnenschein betrachtet lagen die Fakten offen zutage.

Ich stand auf. Ein starker Kaffee würde den Schwindel vertreiben, und der Kopfschmerz ließ sich mit zwei Tabletten Paracetamol in den Griff bekommen. Bald mußte ich in der Praxis sein.

Ich gähnte und schaltete das kleine Radio an, das auf meinem Nachttisch stand. Eine Rede des sowjetischen Generalsekretärs hatte den US-Präsidenten erzürnt, der Bundeskanzler hatte die Vorwürfe der Opposition als böswillige Unterstellungen bezeichnet, und ich verfolgte das harmlose Treiben der Menschen, die unter meinem Fenster vorbeigingen.

Es war der letzte friedliche Moment meines Lebens.

Aus diesem Grund, vermute ich, kann ich mich jeder Einzelheit entsinnen: des blauen Opels, der sich vorsichtig durch die schmale Gasse schob; des Prospektausträgers, der mit großer Geschwindigkeit seine Werbezettel in die Briefkästen gegenüber warf; der hübschen, kaum zwanzigjährigen Frau in der Lederjacke, mit den dunkelrot geschminkten Lippen und dem schmalen Gesicht. Sie trug Stiefel mit Pfennigabsätzen und führte ihren Hund aus. Bisweilen war ich ihr auf der Straße begegnet, ich hatte mir ihre Züge eingeprägt. Auch ihre Stimme kannte ich, weil sie einmal mit einer Freundin schwatzend an mir vorübergegangen war. Bei dieser Gelegenheit hatte ich außerdem erfahren, daß sie Edna hieß. Selbstverständlich hatte ich nie mit ihr gesprochen und mich stets bemüht, sie nur verstohlen anzublicken. Anschließend aber malte ich mir aus, in welche Monstrosität die Natur sie verwandeln werde, so wie sie uns alle entstellt: ich wollte mich beschwichtigen und meinem hoffnungslosen Traum den Fuß in den Nacken setzen. Ich war über sechzig, und mir war nicht entgangen, wie sich mein Leib verändert hatte, daß ich, allen Anstrengungen zum Trotz, widerlich geworden war.

Der Hund, ein Malteser, erledigte sein Geschäft an einer der Platanen, die die Gasse säumten.

Ich wandte mich vom Fenster ab und ging hinaus ins Wohnzimmer. Die Alte hockte auf dem Sofa und blickte mich an.

Ich weiß noch, daß ich zusammenfuhr, wie unter einem elektrischen Schlag. Und einen Schrei stieß ich aus.

Die Alte aber verharrte reglos auf ihrem Platz.

Einen Augenblick glaubte ich zu träumen. Ich habe oft schmerzhafte Träume, die sich von der Wirklichkeit nicht unterscheiden lassen.

Wie ist sie in die Wohnung gelangt? durchzuckte es mich, denn ich hatte, wie gesagt, die Tür sorgfältig abgeschlossen. Gleichwohl saß sie dort in ihrer Schürze und starrte mich an mit ihren fast kreisrunden Augen.

Offenbar hatte sie während der Nacht die Essensreste verzehrt, die ich auf dem Tisch zurückgelassen hatte, der

Teller war blankgeleckt und Spuren von Soße klebten auf ihrem Gesicht.

Die Welt, wie ich sie kannte, hatte aufgehört zu sein. Etwas Fremdes war in sie eingedrungen.

Langsam, unendlich langsam, so wie man sich vor einem gefährlichen Tier in Sicherheit bringt, wich ich ins Schlafzimmer zurück. Ich kleidete mich an, wobei ich darauf lauschte, was die Alte im Nebenraum beginne, hörte aber nichts, und als ich erneut ins Wohnzimmer trat, hatte das Weib sich nicht bewegt.

Freundliches Sonnenlicht schien durch die Fenster.

Ich gelangte in den Flur, zog Schuhe und Mantel an.

Die Wohnungstür war verschlossen, die Kette vorgelegt.

Du bist verrückt geworden, sagte ich mir. Die Alte ist eine Wahnvorstellung.

Dann stand ich vor dem Haus, umgeben von Menschen und Autos, unter dem klaren Himmel, und wie mechanisch schlug ich den Weg zur Praxis ein, schon weil ich nicht wußte, wohin ich statt dessen hätte gehen sollen, wenn nicht ins Irrenhaus.

Wiederum bemerkte ich bald, daß die Alte mir in einigem Abstand folgte, nur mit der elenden Kittelschürze und ihren Pantoffeln bekleidet. Die Kälte schien ihr nichts anhaben zu können.

Ich rannte, bis ich meine Praxis erreicht hatte, und sperrte ab, als könnte ich auf diese Weise meiner Krankheit entfliehen.

Kurze Zeit später vernahm ich Schritte im Treppenhaus, die langsam die Stufen heraufkamen. Sie erreichten den Stock, und unmittelbar vor der Praxis verstummten sie. Dann hörte ich Schlüssel klirren, die hölzerne Tür öffnete sich und eine meiner Sprechstundenhilfen trat herein. Das verfluchte Weib folgte ihr unmittelbar.

»Guten Morgen, Herr Doktor«, begrüßte mich Frau Pasternack.

»Guten Morgen«, antwortete ich und begriff, daß sie die Alte nicht sehen konnte, denn sie kümmerte sich nicht um sie und blickte durch deren Leib hindurch. Ich war verrückt geworden!

Man wird dich einweisen. Man wird dich in eine Anstalt stecken. Die Alte aber wird dir auch dorthin folgen und bis zu deinem letzten Atemzug nicht mehr von dir lassen.

Eine viertel Stunde später brachte mir Frau Pasternack, wie jeden Morgen, eine Tasse schwarzen Kaffee ins Untersuchungszimmer.

»Ist alles in Ordnung?« fragte sie.

»Ja«, erwiderte ich knapp.

Als sie eingetreten war, hatte die Alte durch den Türspalt geblickt.

»Alles ist gut«, versicherte ich und trank. »Alles ist in schönster Ordnung.«

»Sie sehen angeschlagen aus«, urteilte Frau Pasternack. »Haben Sie Fieber?«

»Nein«, beteuerte ich. »Es geht mir gut. Sehr gut.«

Kaum jedoch war sie aus dem Zimmer gegangen, nahm ich ein Thermometer und stellte fest, daß ich tatsächlich Fieber hatte, aber weit unterhalb einer Temperatur, die Träume und Wahnvorstellungen hervorruft.

Einweisen wird man dich. In eine Anstalt.

»Du mußt in Ruhe darüber nachdenken, was jetzt zu tun ist«, flüsterte ich mir zu.

Noch hatte niemand von meinem Wahnsinn erfahren.

»Und wenn du gar nicht verrückt bist?« wisperte ich. »Wenn du nur als einziger Mensch über die bekannte Welt hinaussehen kannst?«

Hat man nicht immer geahnt, daß sich hinter der Fassade der banalen Wirklichkeit die eigentliche Wahrheit versteckt?

»Und du hast herausgefunden, daß diese Wahrheit ein ekelhaftes Weib in einer Kittelschürze ist«, raunte ich.

Der erste Patient an diesem Morgen war ein Mann um die siebzig. Er klagte über einen unregelmäßigen Herzschlag. Ich horchte auf das Klopfen in seiner Brust und nickte. Dergleichen sei in Anbetracht seiner Jahre normal. Während ich ihm die Zusammenhänge erläuterte, öffnete sich die Tür, meine Heimsuchung trat ein und stellte sich neben den Arzneischrank.

»Die Tür ist aufgesprungen«, bemerkte der Patient, der sich beim Quietschen der Scharniere umgewandt hatte.

»Ja, das kommt in letzter Zeit häufiger vor. Sie schließt nicht mehr richtig«, behauptete ich.

Die Alte beobachtete mich mit weiten Augen, und solcherart verging der gesamte Tag: Sie sah meinen Patienten zu, wenn sie sich entkleideten, und lauschte, wenn sie von ihren Gebrechen erzählten. Benimm dich wie immer, ermahnte ich mich. Tu' so, als ob du sie gleichfalls nicht sehen könntest.

Aber ich behielt das Weib im Auge. Ich fürchtete, es werde unversehens nach mir fassen.

In der Mittagspause besuchte ich eine Gaststätte, ohne einen weiteren Fluchtversuch zu unternehmen. Ich wußte nun, daß es nicht möglich war, der Alten zu entkommen. Ohne Appetit bestellte ich irgend etwas.

Die Alte setzte sich an meinen Tisch.

»Wer sind Sie?« fragte ich leise, denn die Gaststätte war gut besucht. Ringsum schmatzten Münder; Messer und Gabeln kratzten über das Geschirr. »Was haben Sie vor?«

Sie antwortete mir hierauf ebenso wenig wie auf meine flehentliche Bitte, fortzugehen und mich in Frieden zu lassen.

Die Pause war vorüber, gegessen hatte ich fast nichts, aber miteinander kehrten wir zur Praxis zurück, so wie wir am Abend miteinander nach Hause gingen. Schweigend stiegen wir das Treppenhaus hinauf, ich öffnete die Wohnung, und wir traten ein, nahezu wie Mann und Frau.

Ich machte mir ein Abendessen, während sie neben mir am Herd stand; ich verzehrte es in ihrer Gesellschaft. Anschließend nahm ich eine Flasche aus dem Kühlschrank und begann zu trinken. Der Alkohol tat seine freundliche Wirkung.

Was ist so schlimm daran, wenn sie mir folgt? Ich kann ein normales Leben führen, sagte ich mir, wenn ich nicht auf sie achte, wenn ich mich benehme, als ob sie nicht vorhanden wäre.

Und ist es nicht möglich, daß sie, so plötzlich wie sie zu mir gekommen ist, schon morgen wieder verschwindet, um niemals zurückzukehren?

Ich ging ins Wohnzimmer, schaltete den Fernseher ein und setzte mich aufs Sofa; gleich darauf nahm die Frau neben mir Platz. Wie die meisten alten Menschen verströmte sie einen schwachen Fäulnisgeruch. Das Programm flimmerte über den Schirm, ich achtete nicht darauf.

Nein, sie wird bei dir sein bis zuletzt, dachte ich.

Menschen huschten durchs Bild, führten sinnlose Reden und brachten sich gegenseitig um, ohne hierfür einen Grund zu haben.

Wieviele Frauen dieser Art mag es auf der Welt geben? überlegte ich und trank einen Schluck.

Als ich mich schlafen legte, stellte sich die Alte neben das Bett, und ich zog mir, wie ein Kind, das sich fürchtet, die Decke über den Kopf.

Am nächsten Morgen hatte ich das Gefühl, nur einen Moment geschlafen zu haben, und indem ich die Augen öffnete, stand meine Peinigerin noch immer bei mir, als habe sie sich die ganze Nacht nicht von der Stelle bewegt.

Ich ging in die Küche und bereitete mir einen Kaffee, der den unangenehmen Rest des Alkoholrauschs verschwinden ließ.

Es war Samstag, und die Praxis blieb geschlossen, doch ich wollte nicht mit dem Weib allein sein, und nach dem Frühstück verließ ich das Haus; die Alte folgte mir.

In der Nacht hatte es geschneit, überall lag das Weiß ein paar Zentimeter hoch, die Luft war von kristallklarer Kälte.

Ich hatte mich warm angezogen, die Alte indes trug ihren Kittel und schlurfte mit ihren Pantoffeln durch den Schnee. Wir bogen in die Gasse ein, die unter meinem Schlafzimmer vorbeilief. Die Frau mit den dunkelroten Lippen und dem schmalen Gesicht führte ihren Hund aus. Zur Lederjacke trug sie stets schwarze Jeans. Oft hatte ich hinter der Gardine gestanden, um zu sehen, wie sie das Tier streichelte, und davon geträumt, sie zu liebkosen. Es bereitete mir eine alberne und bisweilen schmerzhafte Freude. Aber dieses Vergnügen wird die Alte dir nicht nehmen können, dachte ich.

Hinter mir schlurften die Pantoffeln durch den Schnee.

Ednas Haar war schwarz wie Tusche, die Augen glänzten in einem tiefen Braun, das sich kaum vom Abgrund der Pupillen unterschied. Die Hände hatten schlanke Finger.

Ich weidete mich an diesem Anblick. Alle Einzelheiten prägte ich mir ins Gedächtnis, um in gewissen Stunden meine Phantasie zu kitzeln, und schlenderte wie ein Spaziergänger, dem es nicht darauf ankommt, rasch an einen bestimmten Ort zu gelangen. Ein schwacher Wind blies Schnee von den Ästen herab und verstreute ihn in der Luft.

Da geschah etwas Unerwartetes: Denn der Hund hob den Kopf, schaute in meine Richtung, zauderte; und ließ im nächsten Augenblick ein erbärmliches Jaulen hören. Dabei zog er den Schwanz zwischen die Beine und versuchte, sich hinter seinem Frauchen zu verstecken.

»Na, was hast du?« fragte sie. »Was ist denn auf einmal?«

Sie blickte sich um, konnte aber weit und breit nichts entdecken, das die Angst ihres Tieres erklärte.

»Was soll das?«

Der Hund zerrte an der Leine, er wollte fort.

Die Pantoffeln verstummten.

»Hoffentlich habe ich ihn nicht erschreckt«, sagte ich.

»Ach«, meinte Edna, »er ist kein großer Held und fürchtet sich vor jedem Spatz.«

Es war das erste Mal, daß wir miteinander sprachen. Meine Peinigerin stand schräg hinter mir und beobachtete das Geschehen mit ihren kreisrunden Augen.

»Das wird sich bestimmt geben«, erwiderte ich, »wenn er erst etwas älter ist. Ein schönes Tier.«

»Vielen Dank«, lächelte Edna. Der Malteser wimmerte leise.

»Haben Sie auch einen Hund?«

»Leider nein«, antwortete ich, erfreut, daß das Gespräch nicht schon zu Ende war. »Aber ich spiele mit dem Gedanken, mir einen anzuschaffen«, log ich. »Am liebsten eine Promenadenmischung.«

Ein paar Minuten redeten wir miteinander; dann sagte ich, daß ich auf die andere Seite des Gäßchens hinüberginge, um das Tier nicht weiter zu ängstigen, das sich gar nicht vor mir fürchtete, sondern vor dem entsetzlichen Weib, das hinter mir stand. Edna und ich verabschiedeten uns sehr freundlich voneinander.

Einige Stunden durchquerte ich das Viertel, bis ich ermüdet und durchkältet beschloß, nach Hause zurückzukehren, in jene unfrohe Welt, in der die Alte und ich uns Gesellschaft leisteten.

Ich stellte mich an den Herd und bereitete uns eine Mahlzeit aus Fleisch, Erbsen und Kartoffeln, die wir schweigend verzehrten. Dazu trank ich ein Glas Bier und hörte bis zur Schlafenszeit nicht mehr auf zu trinken. Der Alkohol vertrieb die Furcht und verscheuchte alle Traurigkeit, der Fernseher betäubte mich.

Derweil saß die Greisin neben mir und ließ ein Grunzen hören, wenn sie sich amüsierte. Immer wieder fiel ich in Schlaf.

Als es neun war, nahm ich einen letzten, sehr großen Schluck, ging ins Bad, putzte mir die Zähne, während die Frau im Wohnzimmer kicherte, und legte mich zu Bett.

Bald hörte ich, daß sie den Fernseher ausschaltete und selbst ins Schlafzimmer kam. Gleich darauf knarrte das Bett unter ihrem Gewicht.

O lieber Gott! bettelte ich. O lieber Gott! Lieber Gott!

Aber die Alte drehte sich zu mir und suchte meinen Mund in der Finsternis.

Ich wollte mich bewegen und konnte es nicht. Ich bekam keine Luft!

Die Alte jedoch lachte über meine Qual, ich hörte es durch ihre fetten Schenkel hindurch, zwischen denen sie meinen Kopf wie in einen Schraubstock eingeklemmt hatte. Das Fleischloch saugte sich auf meinem Gesicht fest. Ihr Gift rann in meinen Mund.

Eine Ewigkeit schien vergangen zu sein, als sie von mir abließ und sich auf ihre Seite des Bettes legte.

Ich zog mir, wie ein Kind, die Decke über den Kopf.

Uwe Durst

Der Magier

Das niederbayerische Dorf, in dem wir damals lebten, bestand aus schiefgewohnten Häusern, die sich um eine
große Kirche versammelt hatten. Die Männer waren ängstlich, und die Weiber verrückt vom Beten des Rosenkranzes:
sie flehten zu Gott um ihr tägliches Brot, um die Vergebung
ihrer Sünden, um die Befreiung von Krankheiten, um das
ewige Leben, und der Pfarrer war innig bemüht, ihre Gottes-
furcht zu mehren, indem er sie über die Allmacht des Herrn
in Kenntnis setzte.

Wahrscheinlich war mein Vater der einzige, der ihm keinen
Glauben schenkte. Zwar ging er jeden Sonntag zur Kirche,
doch nur, um mir einen Gefallen zu tun. Ich wollte nicht, daß
er allein zuhause blieb.

»Wenn Gott allmächtig wäre«, flüsterte er mir zu, »dann
wäre er in der Lage, einen Stein zu schaffen, der so schwer ist,
daß er selbst ihn nicht heben kann.«

Mama hatte er dergleichen Gedanken täglich auseinander-
gesetzt, und er fügte hinzu: »Da Allmacht unmöglich ist, ist
auch Gott unmöglich!«

Sooft er diese Schlußfolgerung gezogen hatte, war Mama
zusammengezuckt und hatte sich sorgenvoll nach allen Seiten
umgeschaut, denn sie glaubte nicht anders, als daß der Herr
eine derartige Frechheit sogleich bestrafen werde.

Papa grinste von einem Ohr zum andern.

Freilich war es ihm nie gelungen, sie von seinen lästerlichen
Ideen zu überzeugen, denn Gott hatte den Warsteiner Erwin
in einen rostigen Nagel treten lassen, weil er an vier Sonnta-

gen hintereinander lieber im Bett geblieben war, um seinen Rausch auszuschlafen, als in die Kirche zu gehen: um ein Haar hätte der Bauer seinen Fuß verloren. Die Zaiser Maria aber hatte für ihr Fluchen während der Schwangerschaft zwei schwarze, vielköpfige Monstren zur Welt gebracht, bei deren Anblick sich die Hebamme entsetzt und bekreuzigt hatte. Man wußte, wie schnell Gott in Zorn geriet, wie kleinlich und bösartig er war. Wenn es ihm gefiel, starb das Vieh und die Äpfel faulten an ihren Zweigen. Man mußte sich vorsehen, und Mama lächelte stets freundlich, wenn der Geistliche unseren Laden betrat.»Ein Glas Honig«, verlangte er.

Pfarrer Eisenhut war klein, dick und bis obenhin mit Blut gefüllt. Die prallen Wangen drückten ihm die Augen zu, was seinem Gesicht einen zugleich fröhlichen wie listigen Ausdruck verlieh, der selbst dann nicht verschwand, wenn er zu einer Beerdigung auf den Friedhof ging. Sein Rumpf ähnelte einem Ballon, die Beine und Arme waren kurz, die Hände feucht. Sie hatten weiche Finger.

»Blüten oder Wald?« fragte Mama, als sie die Sprossenleiter hinaufstieg, denn der Honig stand weit oben im Regal.

»Blüten, wenn ich bitten darf«, antwortete der Pfarrer.

Ich hatte am Fenster Platz genommen, ich spielte mit einer Puppe, und Vater saß neben mir. Er blinzelte mir zu.

»Habe ich morgens keinen Honig auf meinem Butterbrot«, gestand der Kleriker, »ist mir der ganze Tag vergällt.«

Er lachte gedämpft, und meine Mutter stimmte sogleich mit ein. Dann faßte sie nach dem Glas, indem sie sich ein wenig streckte und mit der Linken am Regal festhielt. Auf der Leiter rutschte man schnell aus.

»Wenn es so ist, werde ich Ihnen immer ein Glas zurücklegen«, versprach Mama.

Vorsichtig stieg sie herab, wobei ihr rechter Fuß nach der nächsten Sprosse suchte wie ein blindes Tier. Mama war füllig, und das Holz knarzte unter ihrem Gewicht. Sie verfügte über stramme Glieder und eine große Brust.

23

»Da ist der Blütenhonig«, sagte sie und stellte das Glas auf die Theke. Ihr Lächeln war schön, damals waren ihre Zähne noch gesund. »Darf's sonst was sein?«

Pfarrer Eisenhut schüttelte den Kopf, zog einen schwarzen Geldbeutel aus der Hosentasche und rührte mit dem Zeigefinger in seinen Münzen. Er hatte magische Hände: Sobald er sie faltete, lauschte Gott, was er ihm zu sagen hatte.

Einmal war der Filzer Andres unfreundlich geworden und hatte sich geweigert, dem Pfarrer einen Korb Birnen zu schenken. Alles, was er besitze, hatte der Geistliche ihm erklärt und warnend zum Himmel hinaufgezeigt, alles stamme von Gott, der ebensogut zu geben wie zu nehmen verstehe, der sowohl Licht wie Finsternis schaffe, Frieden schenke wie Unheil stifte. Der Andres aber war stur und trotzig geblieben, und in der darauffolgenden Nacht hatte ein Blitz sein Weizenfeld angezündet.

Vater glaubte an einen Zufall, und eher noch habe der Geistliche selbst die Hand im Spiel gehabt.

»Das wäre viel plausibler als der Eingriff eines unmöglichen Gotts«, flüsterte er.

Pfarrer Eisenhut legte drei Münzen auf den Tisch, zögerte, schwankte von einem Bein aufs andere und deutete schließlich auf eine Tafel Milchschokolade und eine Tüte Zitronenbonbons, für die er noch drei weitere Münzen aus seinem Geldbeutel hervorzog.

»Ich sollte ja nicht …«, räumte er ein und kicherte wie ein Mädchen.

Anders klang seine Stimme, wenn er von der Kanzel herab beschrieb, wie Gott mit Sündern verfuhr.

Die Gilster Liesl hatte sich herumgetrieben; der Herr aber hatte die Untat nicht übersehen und sie jedermann sichtbar gemacht. Man fragte sich, wer der Mittäter gewesen sei. Schließlich war die Liesl zum Brunnen hinter der Kirche gegangen.

Mama zog eine Papiertüte hervor, tat das Honigglas, die

Schokolade und die Bonbons hinein, schlug den Rand um und reichte sie dem Pfarrer, dessen Gesicht leuchtete.

»Der Herr ist gütig«, erklärte er, »denn er hat die Honigbiene gemacht, den Kakao und die Zuckerrübe, um unser Dasein zu erleichtern.«

Ich küßte meine Puppe, und Vater schlurfte in seinen Pantoffeln hinter die Theke, wo er das Geld des Pfarrers in der Kasse verschwinden ließ.

»Gott kann nicht gütig sein«, sagte er, »denn es gibt Leid in der Welt.«

Pfarrer Eisenhut wischte mit seiner kleinen weichen Hand durch die Luft, als gälte es, eine lästige Fliege zu vertreiben, die sich ihm auf die Stirn gesetzt hatte.

»Die Antwort darauf ist sehr einfach«, erwiderte er mit gespitzten Lippen. »Es gibt Leid, weil Gott nicht will, daß wir Maschinen sind. Deshalb hat er dem Menschen einen freien Willen geschenkt und ihm die Möglichkeit gegeben, sich für das Böse zu entscheiden.«

Hinter der Theke stapelten sich frisch gelieferte Waren. Vater nahm einige Päckchen, drückte sie gegen seine Brust und stieg die Leiter hinauf, um sie an ihren Platz zu stellen.

»Gott vermag also keine Welt zu erschaffen, in der es kein Übel gibt und der Mensch zugleich über einen freien Willen verfügt?« erkundigte er sich und schob drei Zuckerpäckchen ins Regal.

Pfarrer Eisenhut nickte.

»Dann ist Gott also nicht allmächtig?« fragte Papa. »Und es gibt gar kein Paradies?«

Der Geistliche stieß einen Schrei aus, der meinen Vater erschreckte. Ein viertes Päckchen glitt ihm aus der Hand, er griff danach.

»Wie lange ist es jetzt her«, fragte Pfarrer Eisenhut, »daß Ihr Mann so unglücklich zu Tode gekommen ist?«

»Drei Jahre«, antwortete Mama. »Letzte Woche sind's genau drei Jahre gewesen.«

Seither kümmerte sie sich allein um das Geschäft.

»Ich bin sicher, daß Gott am Jüngsten Tag über seine irrigen Auffassungen hinwegsehen wird«, meinte der Geistliche und schürzte die Lippen. »Auf Wiedersehen, Frau Finkl.«

»Auf Wiedersehen«, antwortete Mama und lächelte.

Er trat aus dem Geschäft, das Glöckchen über der Tür ließ ein fröhliches Bimmeln hören, und ich sah durchs Fenster, wie der Kleriker auf seinen kurzen Beinen davonging.

Die Liesl hatte man erst nach Wochen gefunden.

Der alte Schroll schlich herbei, mit gesenktem Kopf, und Pfarrer Eisenhut hob den rechten Zeigefinger, wies zum Himmel hinauf und redete auf den Bauern ein, wobei er, wie es schien, jedes einzelne Wort mit einem Stoß seines Fingers unterstrich.

Vater griff meine Hand und streichelte sie.

Schrolls Sohn war krank geworden. Ein roter Ausschlag hatte seinen ganzen Leib bedeckt, und auf einem Auge war er erblindet, denn er hatte zum Verdruß des Pfarrers im Katechismusunterricht mit einem Holzpferdchen gespielt.

Der Pfarrer redete, und Schroll nickte unablässig. Er kam nicht zu Wort und begriff wohl, daß er nichts tun konnte und sein Sohn nicht zu retten war.

Uwe Durst

Der Puppenmacher

Ich schloß die Sakristei ab und machte mich auf die Suche nach der Rue Ficelle. Sie war ein enges, kaum mannsbreites Gäßchen, das sich wie ein Wurm zwischen den Häusern hindurchwand. Schon oft war ich an ihr vorübergegangen, ohne sie zu bemerken.

Ich drückte die Klinke und trat ein. Über der Tür läutete ein silbernes Glöckchen.

»Einen Moment!« ließ eine dünne Stimme sich vernehmen. Sie drang aus dem Hinterzimmer ins Geschäft, dessen Regale vollgestopft waren mit Gliedern und Köpfen und durchsichtigen Plastikschachteln, aus denen schöne Augen blickten.

»Bitte einen Moment Geduld«, rief die Stimme, »ich komme gleich.«

Ich ging zum Hinterzimmer, die Schiebetür stand einen Spaltweit offen, wie der Mund eines Schläfers. Der Raum wurde, weil das Fenster auf einen dunklen Hof schaute, von einer Arbeitsleuchte erhellt, deren spärliches Licht sich an Flaschen und Dosen, an Zangen, Lupengläsern und Pinzetten spiegelte.

»Ach, du bist's!« rief Monsieur Mourguet.

Ein absurder Gedanke stieg in mir auf. Es kam mir vor, als hätte ich einst selbst bei dem Puppenmacher gelebt. Doch die Vorstellung ähnelte jenen schattenhaften Erinnerungen an die Kindheit, in denen man von Geistervolk umgeben ist und ein schwarzer Mann unter dem Bett mit den Zähnen knirscht.

Ich saß auf einem der Tische und spielte mit den Puppenaugen, die ich mir zum Vergnügen so in die gewölbte Hand zu drücken wußte, daß es aussah, als wüchsen sie zwischen den Fingern und aus dem Handteller hervor. Ich schloß und öffnete die Faust, die Augen blinzelten.

»Die Ringschrauben«, brummte mein Vater, »gib sie mir.«

Ich reichte ihm ein Pappschächtelchen, er faßte mit spitzen Fingern hinein, fischte eine Schraube um die andere heraus und drehte sie der Marionette in den Rumpf. Je länger er an ihr arbeitete, desto mehr ähnelte sie einem Menschen, der zerschmettert und in seine Einzelteile zerrissen war. Den Kopf hatte Papa beiseite gelegt: die Augen hatten einen starren Blick, und der Mund war aufgeklappt, so daß man im Unterkiefer die kleinen Zähne sehen konnte.

Zwischen den Rundhölzern, aus denen Arme und Beine gefertigt waren, klebte Vater kurze Lederstücke ein, die als Gelenke dienten. Schuhe und Soutane wurden dem mageren Leib angezogen, Hände an die Unterarme gesetzt und die Fäden mit einer Nadel durch die Kleidung geführt. Hier und da zeigte sich schon das Leben, denn die Hände bewegten sich mitunter von selbst, faßten sogar die Hand meines Vaters, um sogleich wieder auf den Tisch zurückzufallen. Der Kopf wurde eingehakt und wandte sich langsam zur Seite.

»Das Spielkreuz«, verlangte Papa und sah auf die Uhr, die über dem Tisch an der Wand hing, denn Madame Vitus wollte schon in einer halben Stunde vorbeikommen, um die Marionette abzuholen.

Als die Puppe aufgebunden war, ließ der Vater sie über den Boden der Werkstatt schreiten, die Rechte zum Segen erhoben. Auch das Kreuz vermochte sie zu schlagen und mit einem winzigen Aspergill spritzte sie geweihtes Wasser über die toten Fliegen und Staubmäuse, die zu ihren Füßen lagen.

Das silberne Glöckchen über der Ladentür läutete hell. Der Pfarrer hielt in seinen frommen Übungen inne.

»Das wird sie sein«, vermutete ich und deutete auf die Uhr,

die im selben Augenblick Mittag schlug. Das Törchen sprang auf, ein Vogel hüpfte daraus hervor, hob seine Flügel und schrie zwölf Mal. Eine Schwinge war zerbrochen, und ein rostiger Draht ragte wie ein Knochen aus dem geschnitzten Gefieder. Die Farbe, mit der man das Tier einst bemalt hatte, war abgeblättert. Im Innern der Uhr knirschten Zahnräder ineinander.

Papa ging zur Tür, schob sie auf und führte den Geistlichen hindurch, der den Kopf senkte und mit den Perlen eines Rosenkranzes spielte.

»Du bist gebenedeit unter den Frauen«, sagte er, »und gebenedeit ist die Frucht deines Leibes ...«

Madame Vitus roch nach dunklem Honig. Sie war ausnehmend schön und hatte ein sehr anziehendes Lachen, das ein Lied davon sang, was für ein Wunder an Gesundheit und Frische sie war. Der Busen war üppig, das braune Haar fiel ihr in reichen Locken über die Schultern, und in ihrem Blick funkelte etwas Ungreifbares, das die Seele meines Vaters erschreckt und mit Sehnsucht erfüllt hatte.

»Ausgezeichnet haben Sie das gemacht, Monsieur Mourguet«, lobte Madame.

Papa reichte ihr das Spielkreuz und der Pfarrer rannte auf sie zu.

»Wirklich ein kleiner Mensch«, rief Madame, und ich träumte, die Puppe zu sein und aus ihren gläsernen Augen hervorzublicken. Es war eine Vorstellung, wie ein Kind sie ersinnt. »Erlöse uns von dem Bösen«, flüsterte ich.

»Als wäre sie lebendig«, bemerkte Madame Vitus anerkennend und zupfte an den Fäden.

Ihr Atem ging tief, und Schweißperlen rollten ihr zwischen die Brüste. Offenbar hatte sie sich beeilt, um die Puppe, wie es vereinbart war, noch vor der Mittagspause abzuholen. Mein Vater betrachtete sie mit einem scheuen Blick.

Madame Vitus hatte eine gute Partie gemacht: An der Seite ihres Gatten würde sie, nach aller menschlichen Berechnung, bis zu ihrem Tod ein sorgloses, ja luxuriöses Leben führen, und ins Gesicht meines Vaters malte sich dieses Unglück, sooft er Madame sah. Der Gedanke, daß seine Träume ebenso schön wie hoffnungslos waren, brachte ihn der Verzweiflung nahe, und er beobachtete die Geliebte, saugte ihr Aussehen und ihre Bewegungen auf, während sie plauderte und von alltäglichen Dingen erzählte. Bisweilen, in Momenten einer rätselhaften Intimität, verriet sie, daß ihr Gatte ein braver Mann, im übrigen aber etwas dumm und langweilig sei.

»Geheiliget werde Dein Name«, wisperte ich, »zu uns komme Dein Reich.«

Madame drehte das Spielkreuz und prüfte mich von allen Seiten. »Sie haben sich selbst übertroffen, Monsieur Mourguet«, urteilte sie.

Papa erwiderte nichts. Seine Hände zitterten, denn als Madame zu ihm gekommen war, um die Marionette zu bestellen, hatte sich ein bedauerlicher Vorfall ereignet, und er fürchtete, sie werde darauf zu sprechen kommen, obwohl er anschließend sofort sein Bedauern ausgedrückt und um Vergebung gebeten hatte.

An jenem Tag hatte Madame ihren tapferen Gatten mehr denn je gelobt, der sehr treu sei und fürsorglich und keinen Hochzeitstag vergesse, aber leider so gar nichts Spontanes an sich habe, nichts Überraschendes oder Aufregendes, verstehen Sie, Monsieur Mourguet? Und mein Vater hatte ihr zugehört, wie sie redete, pries und klagte und gelegentlich über ihren Mann lachte, dessen Artigkeit sie mit kleinen, witzigen Geschichten zu illustrieren wußte. »Ist es nicht zum Verrücktwerden mit ihm?« fragte sie ein ums andere Mal. Papa nickte, doch mehr, um den Schein zu wahren, und er zog seine Lippen in die Breite, um Heiterkeit vorzutäuschen, während ein Irrwitz in seiner Brust zu klopfen begann und sein Gesicht äußerst weiß wurde. Ich erinnere mich, daß er sich mehrmals schüttelte, um den Gedanken, der ihm gekommen war, von sich zu schleudern, er rang nach Luft. »Aber Mon-

sieur Mourguet, ist Ihnen nicht gut? Was haben Sie denn?«
fragte Madame Vitus, der die Veränderung nicht entgangen
war. Da sprang ihm das Geheimnis aus dem Mund.

Niemals, fuhr er fort, habe er eine Frau von größerer
Schönheit gekannt. Er stellte sich vor sie hin, richtete sich zu
ganzer Größe auf und forderte mit lauter Stimme: »Verlassen Sie Ihren Mann. Und heiraten Sie mich.«
Madame war zu verblüfft, um sogleich zu antworten.
Sie hatte meinen Vater mit einem Ausdruck größter Ver-
wunderung angehört. Die Brauen hatte sie hochgezogen, den
Mund fingerbreit geöffnet und den Oberkörper zurückge-
neigt, dermaßen hatte es sie in Erstaunen versetzt, wie sehr
sich der Puppenmacher in seinem grauen Kittel vergessen
konnte.

Sie trat einen Schritt zurück und ließ ihren Blick über die
halben Puppen und die Schachteln voller Augen gleiten; über
die Werkzeuge und Farbdosen; über die toten Fliegen und
den Staub.

Unsere Blicke begegneten sich: Ich war noch nicht geboren,
ich lag in Einzelteilen in Tüten und Schubladen verborgen
und sah aus einem Becher voll gläserner Augen, wie sich Madame Vitus meinem Vater wieder zuwandte und er die stolze
Haltung verlor, die ihn für einen tollkühnen Moment in einen
schönen Mann verwandelt hatte. Seitdem war eine Woche
vergangen.

Vater zog eine Pappschachtel unter dem Ladentisch hervor,
um mich darin zu verpacken.

Madame legte mich vorsichtig auf die Theke und zählte
ihm das Geld hin.

»Ich bedanke mich«, erwiderte er zaghaft.

Er nahm die Scheine, rollte sie zusammen und schob sie in
seinen Kittel.

Sie klappte ihren Geldbeutel zu. Eine Sekunde lang hatte
das Bild ihres Gatten aus dem Portemonnaie hervorgeblickt.
Sie steckte es in ihre Handtasche, in ein enges Stoffach, wo

ihm kein Unrecht geschehen konnte, und verschloß die Tasche mit einem Knopf.

»Ich werde meinen Mann nicht verlassen«, erklärte Madame Vitus.

Am Abend trat sie aus der Werkstatt und führte mich bei sich. Wie strahlte ihr Mann über das unerwartete Geschenk.

Uwe Durst

Die Vorstellung

»Mein Name ist Segner. Ich habe einen Termin bei Herrn Riehr um elf Uhr.«

Die Sekretärin musterte den Fremden mit einem raschen Blick, der über die ausgebeulte Hose, den braunen Lederkoffer und das abgewetzte Jackett zum Gesicht hinaufhuschte. Vor ihr stand ein mittelgroßer, anscheinend krankhaft dürrer Mann von fünfzig oder fünfundfünfzig Jahren, mit Truthahnhals, tiefen Falten, müden Augen und einem lippenlosen Mund, der von weißen Bartstoppeln umgeben war. Etwas Spucke klebte im Mundwinkel, und er atmete schwer, denn er war soeben das Treppenhaus heraufgestiegen.

»Segner, elf Uhr«, wiederholte die Sekretärin und fuhr mit dem lackierten Nagel ihres rechten Zeigefingers die Seite des Terminkalenders hinab, der vor ihr auf dem Schreibtisch lag. »Ah, ja!« bemerkte sie. »Es dauert noch einen Moment. Herr Riehr ist beschäftigt.«

Sie wies auf eine Zahl leerer Holzstühle, die ihr gegenüber an der Wand aufgereiht waren.

»Haben Sie vielen Dank«, erwiderte Segner.

Er nahm Platz, stellte den Koffer zwischen seine Füße und schaute unverwandt zum Schreibtisch hinüber, wo die Sekretärin damit beschäftigt war, Briefe zu öffnen, zu lesen und in Ordnern abzuheften.

Einst war sie eine Schönheit gewesen, es ließ sich noch immer erkennen, aber die Frische der Jugend hatte sie längst verloren, und aus den goldnen Locken, dem Röschenmund und den getuschten Wimpern spähte etwas hervor, das an eine verdorbene Süßspeise erinnerte. Ihre kurzen, dicken Finger hantierten geschickt mit dem Brieföffner, und während sie las, faßte sie gelegentlich in eine Schachtel, die sich in einer der Schubladen befand, entnahm ihr eine Praline und biß hinein. Die verbliebene Hälfte hielt sie zwischen Daumen und Zeigefinger, derweil die Augen über das Papier eilten, bis sie sich entschloß, den Rest gleichfalls in ihrem geschminkten Mund verschwinden zu lassen. Dann leckte sie verstohlen die Fingerkuppen sauber und griff nach der nächsten Praline.

Segner beobachtete sie.

»Es tut mir leid. Herr Riehr ist noch mit einem anderen Herrn im Gespräch«, meinte die Sekretärin. »Ich bitte um Geduld.«

»Das macht nichts«, entgegnete Segner. Er habe Zeit.

Tatsächlich waren durch eine große Tür, die sich rechts des Schreibtischs befand, zwei Stimmen zu hören, eine tiefe, brummende und eine weit leisere von höherem Ton. Was sie sagten, blieb unverständlich, zu dumpf waren die Laute, die in den Vorraum drangen.

Wiewohl es mitten am Tage war, brannte an der Decke eine quaderförmige Lampe mit einem Schirm aus milchweißem Plastik, denn das Zimmer hatte keine Fenster. Der Boden war mit brauner Auslegeware bedeckt, deren Abgenutztheit durch einen darüber gebreiteten, noch zerschlisseneren Orientteppich veredelt wurde. Die Wände hatte man tiefgrün tapeziert, an ihnen hingen gerahmte Portraits von Männern und Frauen unterschiedlichen Alters. Die meisten lächelten, doch einige hatten ihre Augen überweit geöffnet, so daß es schien, als seien sie maßlos verblüfft, wie über ein Wunder, dessen Zeuge sie soeben geworden waren.

Die Sekretärin faßte in die Schublade, holte eine Praline hervor und entblößte ihre Zähne, um erneut zuzuschnappen, als die Tür zu Riehrs Büro aufgeklinkt wurde.

»Ich hoffe, Sie verstehen die Ursachen, die mich zwingen,

Herr Umbreit«, sagte Riehr. »Der Geschmack hat sich verändert.«

Er reichte dem anderen die Hand und schüttelte sie, bevor er ihn mit sanftem Druck ins Vorzimmer hinausschob.

»Auf Wiedersehen.«

Umbreits Augen schimmerten glasig. Sein Gesicht war starr wie das einer Puppe.

»Ich wünsche Ihnen alles Gute«, versicherte Riehr.

»Auf Wiedersehen«, antwortete Umbreit, dessen Stimme nun noch etwas höher klang als zuvor.

Doch einen langen Moment blieb er stehen, wie betäubt und unschlüssig, was er nun beginnen solle, als wisse er nicht, daß er zu gehen habe.

»Herr Umbreit …«, drängte Riehr.

Die Puppe sah auf, verwirrt blickte sie hierhin und dorthin. Endlich aber schlich sie doch zum Ausgang, und die Sekretärin biß in ihre Praline.

Riehr seufzte wie nach einer schweren und unangenehmen Arbeit, die man zuletzt doch hinter sich gebracht hat. Aber er war ein dicklicher, quicklebendiger Mensch in Hemd und Weste, mit geöltem, schwarzbraunem Haar und raschen Bewegungen, die von der Energie erzählten, über die er verfügte.

»Was steht heute vormittag noch an?« fragte er, sobald die Ausgangstür hinter dem Wesen mit den Glasaugen ins Schloß gefallen war.

Die Sekretärin deutete mit einer Kopfbewegung zur Stuhlreihe hinüber.

»Das ist Herr Segner. Ihr Elf-Uhr-Termin.«

Riehr schien ihn erst jetzt zu bemerken, so sehr paßte der Mann mit dem Koffer zu Teppich, Stuhl und Tapete, und so reglos hatte er auf seinem Platz gesessen: nicht einmal den Kopf hatte er gedreht, allein seine Augen waren Umbreit zur Tür gefolgt.

»Grüß Gott, Herr Segner. Verzeihen Sie, daß Sie etwas warten mußten.«

Er wies einladend ins Innere seines Büros, das über ein Fenster verfügte. Der graue Tag blickte herein.

Segner faßte den Koffer und erhob sich.

»Grüß Gott«, sagte er und folgte Riehr durch die Tür.

Das Büro war ein länglicher, nicht allzu großer Raum, worin sich im wesentlichen ein breiter, mit Papieren überhäufter Schreibtisch befand. Neben diesem stand ein Tischchen mit einer kleinen Musikanlage, und im hinteren Teil des Zimmers erhoben sich ein Aktenschrank und ein Tresor. Die grünen Wände waren, wie im Vorraum, mit gerahmten Portraits geschmückt.

»Nehmen Sie Platz«, bat Riehr, der sich selbst hinter dem Schreibtisch niederließ. »Was kann ich für Sie tun?«

Segner zauderte einen Moment, bevor er sich auf den gepolsterten Stuhl setzte, der dem Tisch gegenüber stand. Den Koffer legte er sich auf den Schoß.

»Ich brauche jemanden, der mir Auftritte verschafft«, sagte er. Noch immer klebte ihm die Spucke im Mundwinkel. »Möglichst viele. Ich bin Zauberkünstler.«

Riehr verzog das Gesicht.

»Das wird nicht einfach«, erwiderte er. »Zauberkünstler gibt es viele. Sind Sie denn gut?«

Segner strich über das zerkratzte Leder seines Koffers.

»Soll ich Ihnen das eine oder andere vorführen?« fragte er leise.

»Nur zu«, ermunterte Riehr, verschränkte seine Arme vor der Brust, und Segner zog sich einen Blumenstrauß aus dem rechten Ohr.

Der Agent stöhnte innerlich. Er wußte, was nun kommen würde: irgendwelche Dinge, die aus geschlossenen Schachteln verschwanden und an anderer Stelle wieder auftauchten, Seile, die sich von selbst entknoteten, ein Kartenspiel, das unversehens nur noch aus Herz Königinnen bestand. Tausendmal hatte er dergleichen gesehen. Vielleicht sollte ich gar keine Zauberer mehr vertreten, dachte er.

Segner steckte sich die Blumen ins Ohr zurück, ließ die Schlösser seines Koffers aufschnappen und öffnete den Deckel, den er gegen die Vorderkante des Schreibtischs lehnte. Er entnahm dem Behältnis ein Säckchen, das, wie er demonstrierte, gänzlich leer war; aber nacheinander holte er einen Käse, eine Salamiwurst und einen Laib Brot daraus hervor.

Ich gebe ihm eine Zeit, dachte Riehr, aus Höflichkeit. Dann sage ich ihm, daß der Funke nicht übergesprungen ist, und er bittet mich, mir noch ein, zwei Kunststücke zeigen zu dürfen, die er sich für den Höhepunkt aufgespart habe. Ich willige ein, und er läßt mir eine Zahl Münzen aus der Nase fallen oder gießt mir aus einer zusammengerollten Zeitung ein Glas Wein ein. Ich applaudiere, sage aber dennoch nein und komplimentiere ihn hinaus, um mir den nächsten Kandidaten anzusehen, der bereits vor der Tür wartet.

Segner hielt einen Zauberstab in die Höhe, strich mit dem Finger über ihn, und das Holz, aus dem er gearbeitet schien, wurde schlaff.

Alle Arten von Verrückten suchten Riehr heim. Humoristen, die keine Witze erzählen konnten, Schauspieler, die nicht in der Lage waren, sich das kleinste Stück Text zu merken, und alte Matronen, die, weil sie fett und laut waren, sich für Opernsängerinnen hielten. Hunderte stellten sich vor, ehe einer aufkreuzte, der sich erfolgreich vermarkten ließ.

Segner zog einen goldenen Ring vom Finger, tat, als stecke er ihn in den Mund, und blies ihn auf den Finger zurück.

In Wirklichkeit hat er mir zwischendurch nur einen anderen Finger gezeigt, nicht den Ring-, sondern den Mittelfinger, was in der Schnelligkeit nicht auffällt, wußte der Agent. Er hatte diesen Trick schon oft gesehen und schließlich durchschaut.

Was für ein freudloses Gesicht er macht, dachte Riehr. Als stehe er am Fließband und zerlege Schweinehälften. Wer will so jemanden sehen? fragte er sich. Selbst ein abgehalfterter Mime wie der Umbreit weiß, daß man lächeln muß, wenn man etwas verkaufen will. Immer lächeln, egal, was kommt. Gut, als ich ihm den Vertrag nicht verlängert habe, ist auch ihm das Lächeln vergangen, gab Riehr zu, während Segner seine Rechte zu einer Faust ballte und mit dem Daumen der linken Hand ein kleines rotes Tuch hineinstopfte, das, als er die Faust öffnete, verschwunden war.

»Hören Sie«, sagte Riehr, »diese Tricks sind uralt, etwas für Kindergeburtstage. Verzeihen Sie meine Offenheit, aber Kindergeburtstage machen wir nicht.«

Segner ließ nicht erkennen, ob ihn die Äußerung des Agenten beleidigt habe oder nicht, sein Gesicht blieb unbewegt. Er zog die hohle Fingerkuppe ab, die er auf seinen linken Daumen gesteckt hatte, in ihr befand sich das Tuch. Er legte sie in den Koffer zurück, schloß den Deckel und drückte die Schnappschlösser zu. »Es tut mir leid, wenn ich Ihre Zeit vergeudet habe«, sagte er leise.

Er hielt den Koffergriff mit beiden Händen fest, erhob sich aber nicht, und der Agent bemerkte, wie wenig Fleisch der Zauberer an seinen Fingern hatte. Aus den Handrücken traten die Adern blau und dick hervor.

»Mit so etwas läßt sich kein Geschäft machen«, erklärte Riehr. »Überhaupt hat das Interesse an der Zauberei sehr nachgelassen«, fügte er hinzu.

Segner rührte sich nicht.

»Es gibt zu viele, die irgendwelche Tricks zum besten geben können. Zauberkünstler findet man an jeder Ecke.«

Segner blickte vor sich hin, er leckte sich die Spucke aus dem Mundwinkel.

»Wenn Sie also nichts anderes zu zeigen haben«, meinte der Agent, »etwas Außergewöhnliches ... «

Segners Stirn bedeckte sich mit Schweiß.

»Etwas Außergewöhnliches«, wiederholte der Zauberer, und es war, als schmecke er den Klang jeder Silbe.

»Ganz recht. Etwas, das noch nicht dagewesen ist und auf der Bühne Eindruck macht.«

Riehr stand auf, um das Gespräch zu beenden.

»Sie können gern wiederkommen, wenn Sie etwas Entsprechendes anzubieten haben.«

Segner hob den Blick.

»Ich habe etwas«, antwortete der Zauberer mit plötzlich fester Stimme. Seine Augen glitzerten. Er stellte den Koffer ab. Und ehe Riehr es sich versah, wandte Segner den Kopf in einer langsamen und gleichmäßigen Bewegung nach links, die erst zu Ende kam, als der Hals einmal ganz umgedreht und das faltige Gesicht erneut nach vorn gekommen war.

Der Agent setzte sich wieder.

»Wie haben Sie das gemacht?« fragte er.

»Ich kann es nicht sagen. Es würde Sie in Versuchung führen.«

Riehr wunderte sich über diese Antwort, deren Sinn er nicht begriff, glaubte dann aber, daß die Versuchung darin bestehen müsse, den Trick weiterzuverraten. Jeder Zauberkünstler hütete seine Geheimnisse ja wie die Augen in seinem Kopf.

»Gut, ich verstehe das«, meinte der Agent und rieb sich die Stirn. »Haben Sie noch mehr dergleichen auf Lager?«

Segners Züge entstellten sich. Für einen Moment zeigten sie einen Ausdruck fröhlicher Grausamkeit.

»Könnten Sie Ihre Sekretärin hereinbitten?«

»Gewiß«, sagte Riehr und drückte auf einen Knopf. Gleich darauf öffnete sich die Tür des Büros, und die Blondine trat ein.

»Darf ich?« fragte Segner und nahm sich eine der silbernen Scheiben, die sich auf der Musikanlage stapelten, näherte sich der Sekretärin, faßte ihren kurzen Rock, hob ihn mit einer Hand in die Höhe und zog mit der anderen ihr Höschen bis zu den Oberschenkeln hinab.

Anschließend drückte er die Scheibe zwischen die Gesäßbacken der Frau, die sich derweil ganz aufrichtete. Ein kleiner Mechanismus ergriff das schimmernde Rund und beförderte es mit Surren ins Leibesinnere, der rote Mund öffnete sich, und eine Sekunde später schmetterte Tschaikowskijs Klavierkonzert Nr. 1 in b-moll aus ihm hervor.

Riehr schnaufte tief.

»Wie ...?« rief er.

»Es würde Sie in Versuchung führen«, antwortete Segner. Und zur Sekretärin gewandt sagte er:»Es ist gut. Haben Sie vielen Dank.«

Sie drehte sich auf dem Absatz um und ging aus dem Zimmer, während das Höschen noch immer an ihren Oberschenkeln hing und die Musik aus ihr tönte. Sie wurde viel leiser, sobald die Tür geschlossen war.

»Wie ... um Himmels Willen!«

»Sagen Sie sich einfach, es ist ein Trick«, empfahl Segner.

»Was sollte es auch sonst sein?«

»Ich weiß selbst, daß es ein Trick ist, ein überwältigender Trick«, versetzte Riehr, der erkannte, daß die Sekretärin und der Zauberer unter einer Decke stecken mußten. Sie hatten sich abgesprochen und alles inszeniert. Er nickte anerkennend.

»Sehr gut. Wirklich sehr gut. Daß Frau Kirsch da mitgemacht hat! Kennen Sie sich schon lange?«

Segner antwortete nicht.

»Warum haben Sie mir zuerst diese Albernheiten serviert?« fragte der Agent.»Die verschwundenen Tücher und verhexten Spielkarten? Weil der Effekt größer ist, wenn kein Mensch mehr etwas Außerordentliches erwartet? Und wieso habe ich nie von Ihnen gehört?«

»Ich bin damit nur selten aufgetreten, und ausschließlich in Osteuropa«, erwiderte Segner.»Ich wollte es nie wieder tun.«

»Warum das denn, um Gottes Willen?« entfuhr es Riehr, und seine Stimme hatte einen beinah vorwurfsvollen Klang.

»Weil ich mich für diese Kunst jemandem ausliefern mußte«, sagte der Zauberer sehr langsam.»Jemandem, der keinen Spaß versteht.«

»Ja, gewisse Agenten sind schlimmer als ein Mühlstein am Hals,« nickte Riehr verständnisvoll und zwinkerte zum Zeichen, daß er über seine Konkurrenten manch häßliche Geschichte erzählen könne. »Wie viele Kunststücke dieser Art haben Sie im Repertoire?« fragte er.

»Viele«, behauptete Segner, beugte sich über den Tisch und faßte Riehr an die Brust, wo plötzlich ein kleiner Eisenring zu sehen war. Er steckte den Zeigefinger hinein und zog eine feste Schnur aus dem Leib des Agenten hervor. Dann ließ er sie fahren, und Riehr begann zu lachen, zu lachen, zu lachen, während die Schnur in sein Körperinneres zurückkroch, und das Gelächter hörte nicht auf, bevor der Ring wieder an der Stelle saß, an der er sich zuvor befunden hatte.

Segner betrachtete den Agenten mit einem Blick, in dem sich Triumph und Verzweiflung mischten.

»Schön«, sagte Riehr. »Ich nehme Sie unter Vertrag.«

Er ging zur Tür und öffnete sie, um Frau Kirsch entsprechende Anweisungen zu geben.

Er streckte den Kopf hinaus, wo die Musik spielte. Die Angestellte saß mit weit geöffnetem Mund auf ihrem Platz. Ein silberner Speichelfaden näßte ihre Bluse.

Uwe Appelbe

Wahltag

Heute ist Wahltag. Die Häuser werfen lange Schatten, und die Straßen sind menschenleer. Die Sonne hängt tief über den Dächern, ein beißend heller Ball, der sich weigert, hoch am Firmament aufzusteigen. In den frühen Morgenstunden war Wind aufgekommen und hatte mit den Blättern in den Baumkronen gespielt, doch jetzt bewegt sich kein Busch mehr. Selten habe ich einen so klaren Himmel gesehen. Alle Wolken sind vertrieben, und ein helles Blau, sauber, ungestört, spannt sich wie eine Folie über die Stadt. Seit Stunden hat kein Flugzeug mehr eine weiße Linie in diese makellose Oberfläche gekratzt, und nirgendwo konnte man den Schatten eines Vogels entdecken. Die Vögel scheinen den Tag zu fürchten, oder sind es doch die Füchse, die in immer größeren Scharen durch die Stadt ziehen, die sie vertreiben?

Starrt man lange in das Blau, scheint es, als würde sich der Himmel langsam senken, und der ferne Zenit verwandelte sich in eine eiserne Scheibe, die unweigerlich auf die Erde stürzt. Schon stockt der Atem und man schüttelt den Kopf, als wolle man einen Albdruck abschütteln. Das ist natürlich Unsinn. Es ist besser, an einem solchen Tag seine Sinne zusammenzuhalten und den Blick abzuwenden. Man hat schließlich eine Aufgabe zu erfüllen. Die Verantwortung, die uns erwartet, erlaubt es einem nicht, sich solchen Hirngespinsten hinzugeben, obwohl es natürlich viele tun. Keine Frage – die Leute versuchen, sich vor der Aufgabe zu drücken.

So spielte am frühen Morgen die Nachbarstochter im Sandkasten. Sie ist viel zu alt für so etwas. Sie trägt kurze Kleider und hochhackige Schuhe, und ihre Haare sind zu stilvollen Locken gedreht. Sie schminkt sich, lackiert ihre Fingernägel und hat eine Geliebte, aber sie saß wie eine Vierjährige im feinkörnigen Sand und baute Burgen, die sie dann lustvoll mit einer bunten Plastikschaufel zerschlug. Am liebsten wäre ich hinausgegangen, hätte den Rasen überquert, mich auf der Bank neben dem Rosenstrauch gestellt, über die Hecke gelehnt und ihr zugerufen, dass sich so etwas an einem Tag wie diesem nicht gehöre. Sicherlich wollte sie nur das kleine, dumme Kind mimen, damit sie sich der Verantwortung nicht zu stellen brauchte. Ich habe sie längere Zeit beobachtet. Immer energischer, immer schneller häufte sie Sandhaufen zusammen, fügte sie in eine willkürliche Form und zerschmetterte sie dann mit einem Schlag. Kaum war der Sand in alle Richtungen gespritzt, da schob sie den nächsten Haufen zusammen, machte sich dabei nicht die geringste Mühe, ihn zu formen, sondern zerschlug ihn augenblicklich. Schließlich warf sie trotzig ihre Schaufel weg, sprang auf und stapfte wütend mit den Füßen auf dem Sand herum. Für einen Moment sah ich ihr Gesicht. Sie weinte; was nicht verwunderlich ist. Viele sind überfordert und ratlos. Ich wandte mich ab, und als ich nach einiger Zeit zufällig wieder aus dem Fenster sah, war sie verschwunden. Ein schiefer, kleiner Turm aus Sand, der aus Müdigkeit langsam in sich zusammenbrach und eine gelbe Plastikschaufel – mehr war nicht zu sehen. Der Kasten war verwaist.

Ihre Eltern habe ich schon seit langer Zeit nicht mehr angetroffen. Nur das Mädchen taucht ab und an im Garten auf, tränkt die Blumen oder schiebt einen altmodischen Handmäher über den Rasen. Nicht, dass ich die Alten vermisst hätte. Sie waren mir nie besonders sympathisch. Ein hochnäsiges, arrogantes Paar mit einem fremdartigen Auftreten. So als wollten sie sich nicht so recht damit abfinden, in einer Provinzstadt zu wohnen. Vielleicht kamen sie sogar aus einem anderen Land. Er ist ein groß gewachsener Mann in der Mitte seines Lebens, mit dunklem Haar und gekräuseltem Bart und unangenehm brauner Haut, faltig wie vergilbtes Backpapier, und wenn er spricht, klingt es so, als würde eine Krähe krächzen. Seine Frau ist dünn und klein, wie eine Hexe aus einem alten Märchen. Ihrer linken Hand fehlt der kleine Finger und ähnelt einer Tierpfote. Auch sie kreischt eher, als dass sie spricht. Doch das Mädchen hat eine schöne Stimme, sie redet klar und fein, und ihre Haut ist makellos. Gegen ihr Auftreten kann man nicht viel sagen. Vielleicht etwas schüchtern, sie grüßt nur verhalten, und vielleicht stehen die Augen doch ein wenig zu schräg zueinander. Einmal bin ich ihr auf der Straße begegnet, spät am Abend, am Arm eines anderen Mädchens mit blau gefärbtem Haar, da hat sie gelacht, und das andere Mädchen hat auch gelacht, laut und bellend, als wären sie allein auf der Straße.

Wahltage sind lang. Um die Zeit totzuschlagen, bin ich in den Keller gegangen und habe alte Zeitungen sortiert. Am Nachmittag kann man ja hinaus in den Park oder auf die Straßen und an den Fluss, doch die Vormittage ziehen sich hin. Seitdem ich allein lebe, seitdem sie gegangen ist, schlafe ich schlecht und wache sehr früh auf – meine Vormittage haben viele Stunden; sie dehnen sich zu ganzen Tagen aus.

Damals sagte sie, sie könne es nicht weiter ertragen. Sie wolle in unserer Stadt nicht mehr leben. Ich habe kurz geglaubt, sie hätte recht. Ich war sogar der Versuchung nahe, ihr in einem der letzten Züge zu folgen. Doch dann bin ich geblieben. Ich zweifelte, ob an fremden Orten andere Regeln gelten. Ich sollte schließlich recht behalten. Andere Orte sind genauso. Wenn man den Dingen auf den Grund geht, ist alles gleich. Sie hat mir noch einmal geschrieben. Schrieb, dass sie es bereue. Nun wäre sie allein in der Ferne; und der Wechsel der Orte hätte nichts geändert. Ein Zurück gäbe es nicht. Ich habe ihr geantwortet, dass die Verhältnisse nicht so schlimm geworden wären wie befürchtet. Die Dinge hätten sich zurechtgerückt, und ich habe noch hinzugefügt, dass wir doch glücklich sein könnten, schließlich hätten wir keine Kinder. Ich erhielt keine Antwort. Ich schrieb erneut, doch ich habe nie eine Antwort erhalten. In all den Jahren hat sie nie zurückgeschrieben. Zuerst war ich wütend, doch dann sagte ich mir, dass ihr etwas zugestoßen sei. Vielleicht ist sie schwer krank oder sogar schon tot. Dieser Gedanke ist tröstender als die Vorstellung, dass sie mir nicht schreiben will. Ich vermisse sie immer noch, wenn auch nicht so schlimm wie am Anfang.

Die Leute sagen, ich wäre ein komischer Kauz geworden, seitdem sie fort ist. Das stimmt wahrscheinlich. Man wird seltsam, wenn man allein in einem Haus lebt. Aber mir ist eines Tages aufgefallen, dass die Leute dieses Urteil über mich mit einem Anflug von Neid aussprechen. Als würden sie es bedauern, dass sie die alten geblieben sind. Und seitdem mir das aufgefallen ist, denke ich mir, dass es besser so ist. Ich habe mich einfach mit den Dingen abgefunden. Die Zeiten ändern sich, und ich habe mich mit ihnen verändert. Es ist einfacher, sich zu verändern, wenn man allein ist. Man folgt den Dingen, wird nicht mehr darauf hingewiesen, dass man gestern dieses oder jenes gesagt hat. Die Tage wechseln schnell, und man verändert sich mit ihnen.

Nun, ich habe also im blassen Licht der Kellerbeleuchtung Zeitungen sortiert. Zuerst habe ich mich dazu durchgerungen, die alten Ausgaben, also die, die von der Zeit vor den Veränderungen berichteten, fortzuwerfen. Ich hätte das schon früher machen sollen. Erinnerungen an das Verlorene beschweren einen nur. Zu meiner Überraschung waren das gar nicht so viele Exemplare. Sie ließen sich schnell zerreißen und in einen Müllsack stopfen. Ich fühlte mich erleichtert. Es stand einfach so viel Unsinn in diesen alten Blättern. Einige Überschriften verstand ich überhaupt nicht mehr. Sprache ist schließlich nicht von Dauer, und die bunten Bilder anzusehen, tat weh. Ich beschloss nur noch die neueren Ausgaben zu behalten, als man dazu übergegangen war, keine Wetterberichte mehr zu veröffentlichen.

Die älteren Ausgaben habe ich in das unterste Regal gelegt und dann Exemplar nach Exemplar darauf gestapelt. Der Abstand zur Gegenwart wurde immer geringer, aber er verschwand natürlich nicht ganz, denn irgendwann hörten sie auf, Zeitungen zu drucken. Was ich damals – wie die meisten – sehr begrüßt habe.

Doch warum habe ich mir die Mühe gemacht? Warum habe ich mir die Hände schmutzig gemacht und mich im schwachen Kellerlicht der Gefahr ausgesetzt, auf eines der Tiere zu stoßen, die gerne in den Gemäuern alter Häuser nisten und sich vom Licht angezogen fühlen? Natürlich wollte ich nichts von den vergangenen Kriegen erfahren, nichts lesen über Überflutungen, Dürrezeiten und den anderen langweiligen Kram. Ich wollte einfach nur die Stunden bis zum Mittag herumbekommen, den Vormittag verkürzen, damit dieser Tag sich nicht in eine kleine Ewigkeit verwandeln konnte. Eine überflüssige Tat, die half, die Zeit totzuschlagen.

Und nun stehe ich hier am Fenster, schaue erneut auf den verwaisten Sandkasten im Nachbargarten, und noch immer ist es nicht Mittag. Das Warten an einem Wahltag ist kaum zu ertragen, wenn man allein ist; ohne sie, ohne jemanden, mit dem man die Entscheidung teilen kann. Wenn wenigstens die Sonne höher steigen würde und die Schatten nicht so lang und tief wären. Ich werde heute früher das Haus verlassen, im Park sind immer ein paar Leute.

Ich bin zurück. Es ist früh am Abend und ich habe schon vor Stunden gewählt. Der restliche Tag gehörte mir. Was für ein guter Entschluss, früh meine enge Wohnung zu verlassen und sich dem blauen Himmel auszusetzen.

»Ein Siegesblau«, rief der Nachbar von seinem geöffneten Fenster aus zu mir herüber, als ich das Haus verließ.

»Ja, ein überwältigendes Blau«, stimmte ich zu und trat sicheren Fußes auf die Straße. »Schließlich ist heute Wahltag.«

»Schon so früh?« Wahrscheinlich wirkte ich schon fast fröhlich, so wie ich da kurz vor Mittag die Haustür hinter mir zuzog und in den Himmel blickte. Sicherlich sah ich entschlossen aus.

»Es wäre falsch, die Entscheidung weiter hinauszuzögern«, sagte ich noch, doch da war der Nachbar schon verschwunden und sein Fenster dunkel.

Natürlich begegnete mir niemand auf der Hauptstraße. Die Leute sind immer noch übertrieben vorsichtig an solch einem Tag. Man möchte nicht gerne erkannt werden auf dem Weg zum Wahllokal. Doch mir war das egal. Mich konnte man sehen, mich durfte man sogar anhalten und mit mir reden. Ich ging das Unvermeidliche an. Ich versteckte mich nicht. Ich war froh, diese lähmende Unentschlossenheit, diesen kindischen Versuch, die Zeit bis zur Entscheidung durch sinnloses Tun zu verlängern, hinter mir gelassen zu haben. Alle sollten sehen, dass der alte Mann vom Ende der Straße sich seiner Pflicht bewusst war. Freiheit ist die Einsicht in das Notwendige. So steht es auch auf den Plakaten.

Die Straßen waren menschenleer, doch im alten Park, mit seinen noch älteren Bäumen und den Bänken zwischen den Sträuchern, dem Spielplatz am Rande, neben dem barocken Gartenhäuschen aus der kurfürstlichen Zeit, hörte man die Stimmen von Menschen, sogar das Lachen von Kindern. Das Wahllokal lag direkt hinter dem Park in einem ehemaligen Schulgebäude, und die Leute, die ihre Stimme abgegeben hatten, verbrachten gerne – befreit von der Last – noch etwas Zeit in diesem schönen Garten.

Plötzlich ging mir alles zu schnell, und ich schaute in den Himmel. Hatte sich das Blau verändert? War es immer noch die Farbe des Sieges? Rote Punkte waren am Rand sichtbar; blass, fast wie die Wangen eines Mädchens nach einem langen Lauf. Sicherlich Sterne, die zerplatzten. In den letzten Momenten ihres Aufbäumens hoben sie sich klar vom Blau des Himmels ab. Vielleicht aber auch stürzende Flugkörper, Welten, die wir erschaffen hatten und die nun, von einem Augenblick auf den anderen, in die Vergessenheit stürzten. Vielleicht aber auch nur dahintreibende Ballons, Flüchtlinge von einem Kindergeburtstag.

Auf einer Bank saß der Graue. Ich nenne ihn so, denn er ist noch älter als ich. Seinen wirklichen Namen kenne ich nicht, lege auch keinen Wert darauf, ihn zu erfahren. Er sah entspannt aus. Auch er blickte in den Himmel. Ich setzte mich neben ihn, wie zu einem alten Freund. Sicherlich, er hatte die Wahl schon hinter sich, er war mit sich im Reinen, wie man so sagt. Seinen Stock hatte er an den Mülleimer neben der Bank gelehnt, den Knauf über den Rand, als wäre dieser ein alter Kumpan, der sich nach einem heftigen Gelage erholen musste.

»Sterne, zerplatzende Sterne«, sagte er. Er hatte eine dünne Stimme. Eine Stimme wie aus einer der alten, unheimlichen Geschichten, die ich als Kind geliebt habe.

»Wenn es Schiffe wären, hätten sie es sicherlich in den Nachrichten gebracht. Es sind Sterne, sie sterben immer schneller, als würde auch im Universum die Zeit nicht mehr ihren vernünftigen Gang gehen.«

»Ist die Zeit nicht abhängig vom Betrachter?«

Jetzt hörte ich deutlich ein Kind lachen. Ich schaute zum Spielplatz, sah aber niemanden. Ebenso wie die Vögel bekommt man sie immer seltener zu sehen.

»Es gibt sie noch«, sagte ich.

»Die Kinder gibt es noch«, wiederholte er, und er stand auf. Trotz seines hohen Alters stand er auf wie ein junger Kerl. Den Stock ließ er achtlos am Mülleimer baumeln.

»Denken Sie daran, Freiheit ist die Einsicht in das Notwendige«, sagte er.

In unserem Viertel galt er als der Entdecker dieses Wahlspruchs. Er hatte mir aber einmal gestanden, dass der Satz nicht von ihm stammte, sondern von einem Philosophen aus alten Zeiten. Er war lediglich derjenige, der ihn wieder in Umlauf brachte, ihn aus dem Dunkel der Vergangenheit schöpfte und daraus einen Leitspruch formte, dem alle folgen konnten und den man dankbar annahm.

Nachdem er gegangen war, blieb ich noch einige Zeit auf der Bank sitzen. Das Aufblitzen der Sterne war vergangen und der Himmel wieder blau wie zuvor. Die Sonne stand nun hoch über der Stadt. Ich dachte an das Nachbarmädchen im Sandkasten, stand auf und ging hinüber zum Wahllokal am Ende des Parks.

Die Wahl war nicht einfach. Doch ich nahm mir Zeit, ließ mich nicht von dem Schluchzen aus einer der Nachbarkabinen ablenken, und schließlich wählte ich einen der fünf Kandidaten aus. Danach fühlte ich mich erleichtert. Die Last war von mir gewichen. In den Tagen, als wir uns für dieses System entschieden, ferne Jahre, die einem jetzt grau und seltsam verschwommen erscheinen, hat man gerne von Schuld gesprochen. Aber diese Schuld hat es immer gegeben. Schon immer haben wir mit unseren Entscheidungen das Leben der anderen beeinflusst, ja vielleicht zerstört. Waren die Menschen in den alten Tagen, die sich für ihren eigenen Komfort entschieden, schuldfrei? Nein, waren sie natürlich nicht. Sie weigerten sich nur, die Auswirkungen ihrer Taten weiterzuverfolgen. Es gab immer Opfer. Damals hat niemand die Opfer gekannt. Jetzt kennt man die Gesichter. Die Dinge nehmen ihren vernünftigen Lauf.

Der Wahlraum war hübsch eingerichtet. Mit Blumen auf den Tischen und Kinderzeichnungen an den Wänden. Das ist mir sofort aufgefallen. Vorbei ist die Tristesse der früheren Jahre. Auch waren die jungen Leute, die am Tisch direkt neben dem Eingang saßen und einem den Umschlag mit den Fotos und den Beschreibungen der Kandidaten aushändigten, freundlich, ja, heiter und entspannt. Keine Dramen, keine aufgrund von Gewissensfragen zerknirschten Gesichter, sondern freundliche, lächelnde junge Leute, sogar zu einem Scherz bereit. Und als man aus einer der Kabinen Schluchzer und hysterische Laute hörte, eine Frau, eine junge Frau, die zum ersten Mal zur Wahl gerufen worden war, stand ein Mann hinter seinem Tisch auf, ging hinüber zu der Kabine und redete beruhigend auf die Frau ein – natürlich nur durch die dünne Holzwand. Das Wahlgeheimnis, Kern jeder Demokratie, wurde selbstverständlich gewahrt. Als ich dieses Bild sah, erfüllte mich die Gewissheit, dass wir uns vor Jahrzehnten für die richtige Ordnung der Dinge entschieden hatten. Es ist nicht ausreichend Platz für alle da. Freiheit ist die Einsicht in das Notwendige.

Und als mich ein Mann, der kurz vor mir seine Stimme abgegeben hatte, am Ausgang ansprach, meinen Arm ergriff und mit weit geöffneten Augen beschwörend flüsterte, »Es könnte auch sie erwischt haben!«, vermochte ich mit ruhiger Stimme und ohne Angst zu antworten »Dann ist dem so!«

Auf der Bank, auf der ich zuerst den Grauen getroffen hatte, saß nun ein Vater mit seinem kleinen Sohn. Sie lösten das Rätsel, das Teil der Broschüre ist, die man im Wahllokal für die Kinder auslegt.

Warum ist Wahltag immer ein Montag? Das war die Frage, die weder Sohn noch Vater lösen konnten.

»In Anlehnung an die großen Demonstrationen, die früher immer montags stattfanden«, flüsterte ich dem Kind in das Ohr. Der Sohn lächelte und dann auch der Vater, gab es doch Aussicht auf einen Gewinn.

Danach bin ich noch etwas weiter durch unsere schöne Stadt geschlendert, auch wenn die Plätze und Cafés menschenleer waren. Ich bin niemandem begegnet. Auf der Allee jagten wilde Hunde ungestört vagabundierende Ratten. Ich habe sogar eine Katze gesehen – natürlich ausgestopft – auf der Treppe vor der Oper. Ich schlenderte bis zum Tal, das früher ein

Fluss war, und bewunderte das Kunstwerk, das dort vor einigen Jahren auf dem trockenen Grund errichtet worden war. Tausend Plastikenten, kleine, unscheinbare gelbe und rote Dinge, als Symbol für die fremden Arbeiter, die einst in die Stadt gekommen sind. Für jeden Arbeiter eine Ente. Ich erinnerte mich daran, dass früher Kinder mit solchen Enten in Freibädern gespielt haben, aber ich konnte mich nicht mehr daran erinnern, wie diese Bäder aussahen und was an ihnen frei war. Die Sprache verändert sich, und mit dem Verschwinden der Wörter verbleichen die Bilder. Wer waren die Arbeiter, die in jenen Tagen zu uns kamen, was haben sie getan, was ist aus ihnen geworden?

Dann läuteten die Glocken, und das Blau des Himmels verdunkelte sich. Der Wahltag war zu Ende. Pfeifend schlenderte ich nach Hause.

Nun ist es Nacht. In der Nacht spürt man die Lebensjahre besonders. Sie drücken auf die Brust, machen das Atmen zu Qual. Die Heiterkeit des Tages ist verschwunden. Am Nachthimmel ziehen zwischen den grau gezeichneten Wolken blaue Lichter ihre Kreise, aufgeregt wie ein Schwarm Insekten. Schiffe fremder Welten, die an unserem Himmel eine Schlacht schlagen?

In der Abenddämmerung sah ich das Nachbarmädchen wieder. Sie schlich im Dunkel über die Terrasse, hastete geduckt über den Rasen und verschwand in dem Gartenhäuschen an der Mauer, nahe der großen Buche. Sie trug immer noch dasselbe Kleid und dieselben hohen Schuhe, und in der Hand hielt sie eine Taschenlampe, die sie aber nicht eingeschaltet hatte. Vermutlich hatte sie Angst, entdeckt zu werden. Sie verschwand in dem Gartenhäuschen, ein Schatten unter Schatten, und ich hörte deutlich, wie sie den metallenen Verschluss der Holztür zuzog. Ich wartete einige Zeit, doch ihr Gesicht erschien nicht hinter dem kleinen Fenster, sie blickte nicht nach draußen, auch schaltete sie ihre Taschenlampe nicht an. Die Hütte blieb dunkel. Jetzt ist schon nach Mitternacht und sie ist nicht wieder herausgekommen.

Uwe Appelbe

Weltzerstörer

So ging es, tagaus, tagein. Rieke wäre vor Langeweile gestorben, hätte sie nicht ihre Bücher gehabt. Sie las viel und schnell. Sie lag unter dem Schatten des Birnbaums im hinteren Teil des Gartens und fraß sich durch ihre Bücher. Die Mittage waren so heiß, dass sie drohten, die Nachmittagsstunden zu ersticken. Zum Glück fiel am Abend dann leichter Regen, dünn wie Bindfäden, gerade ausreichend, um das Gras zu benetzen. Zwischen den Kapiteln sah sie durch die Äste in den hellen Himmel. Vielleicht gab es hinter der glatten Fläche fremde Welten, unbekannte Städte und andersartige Träume, wie in ihren Büchern. Vielleicht war aber dahinter auch nur ein schwarzes, kaltes Loch. Was würde passieren, wenn sie in dieses blaue Nichts, das als stilles Meer über ihr schwebte, stürzen würde? Es war einfach, den Boden unter den Füßen zu verlieren und zu fallen. Das wusste sie. Etwas Ähnliches geschah, wenn sie in ihre Büchern versunken war. Sie verlor den Kontakt zu ihrer Umgebung und verirrte sich in den Welten, die die Wörter für sie erschufen. Dazu brauchte es nicht viel, sie musste nur mit den Augen den Zeilen folgen, schon war sie verloren. Wäre es möglich, dass das Gleiche geschah, wenn sie in diesen blauen Himmel starrte? Schaute sie zu lange in diese Weite hinter der Baumkrone, bestand die Gefahr, dass sie von einem aufbrausenden Wind von der Erdoberfläche geweht wurde.

Die Bücher verloren ihre Macht, wenn man sie zuschlug, den Himmel konnte man nicht zuschlagen, seine Leere und

Weite war eine beharrliche Gefahr. Deshalb schaute sie nur kurz in den Himmel. Die Welt war ein riskantes Unterfangen, die Bücher hingegen ein sicheres Gelände.

In den Büchern konnte man, ohne wirklich etwas zu riskieren, zwischen den Zeilen flanieren. Sie hielten die Erinnerung an vergangene Tage fern. Die Vergangenheit war ein unbekanntes Land, das Rieke nicht betreten wollte. Die Geschichten in den Büchern hielten die Zeit an; in ihnen gab es kein Gestern und kein Morgen. Rieke war klug genug zu wissen, dass Lesen nicht bildet und auch nicht auf das Leben vorbereitet. Lesen war das Gegenteil von Leben. Es war eine Art Schlaf mit einem endlosen Traum.

Sie blieb den ganzen Tag im Garten, bis spät am Abend, wenn das letzte Sonnenlicht erloschen war und es unmöglich wurde, die Wörter auf den Seiten auszumachen. Ansonsten verließ sie den Schatten des Birnbaums nur, wenn sie zum Essen gerufen wurde. Das Essen stand angerichtet auf dem runden Eichentisch im Wohnzimmer. Es war immer köstlich und immer reichlich. Dazu gab es gekühlte Limonade und zum Nachtisch Früchte in Sahne oder selbst gemachtes Eis. Sie aß alleine. Ihre Eltern hatte sie schon lange nicht mehr gesehen. Sie waren zu beschäftigt. Ihr Bruder spielte mit seinen Tierpräparaten in seinem Zimmer oder streunte auf der Jagd nach Vögeln und Nagetieren durch die nahen Wälder. Sie war froh darüber, dass er nie zum Essen herunterkam. Sie mochte ihren Bruder nicht. Er war grob und vulgär und sagte oft gemeine Sachen.

Waren die Geschichten in den Büchern nicht wirklich spannend, verloren die Wörter ihre Kraft, und sie fragte sich, warum ihre Freunde sie nie besuchen kamen. Ein schrecklicher Gedanke, den sie nicht verhindern konnte. Vielleicht hatte sie gar keine Freunde. Sicher war sie sich nicht, diese Sommerferien waren endlos lang und ihre Erinnerung an die Tage davor verschwommen und ungenau. Sie war jeden Tag zur

Schule gegangen, natürlich, ansonsten könnte sie ja nicht ihre Sommerferien hier im Garten verbringen. Ohne Schule gäbe es keine Ferien. Aber sie war alleine, und das machte sie traurig. Wandte sie sich zu lange von Büchern ab, überkam sie die Furcht, dass ihre Kindheit schon vergangen war, ausgedörrt in einem endlosen Sommer. Die Bücher ließen sie vergessen, dass sie keine Freunde hatte, dass der Sommer kein Ende nahm, und wenn ein sanfter Wind durch die Äste des Birnbaums fuhr und die Äste leise miteinander flüsterten, dann war es kurz möglich zu glauben, dass sie glücklich war. Solange ihr der Lesestoff nicht ausging, solange gab es die Illusion von Freude. Rieke musste nur darauf achten, dass sie rechtzeitig Nachschub bekam. Für den Alkoholiker gab es die Bar, für sie die Bibliothek.

Jeden Morgen, direkt nach dem Frühstück, machte sich Rieke auf den Weg. Der Weg war nicht weit, an der Bäckerei musste sie links, dann kam schnell der Park und dahinter war schon die Straße mit ihren hohen Häusern, unter denen sich auch die Bibliothek befand. Die gelesenen Bücher, zusammengebunden mit einem Lederband in der Hand, folgte sie den Schatten der Häuser. Außerhalb des Gartens brannte die Sonne unangenehm vom Himmel und ließ einen ganz schwindelig werden. Auf dem Weg zur Bibliothek begegnete ihr niemand. Die Straßen waren immer leer.

Die Bibliothek lag am Ende einer Sackgasse. Eine hohe Mauer, auf der Kinder mit Kreide ein Fußballtor gemalt hatten, schloss die Straße ab. Hinter der Mauer begann der Wald, der sich weit in die Berge erstreckte. Dort vermutete sie ihren Bruder. Sie wünschte sich, er würde dort zwischen den dunklen Tannen verloren gehen. Die Bibliothek befand sich in einem Gebäude mit schmalen, hohen Fenstern und einer weiß gestrichenen Metalltür.

Rieke war immer zu früh. Die Bibliothek öffnete am späten Vormittag, doch wann genau, wusste Rieke nicht. Es gab kein

Hinweisschild neben der Tür, und auch die nette Frau an der Ausleihe, bei der sie immer ihre ausgesuchten Bücher zum Abstempeln abgeben musste, wusste es nicht. Montags hatte die Bibliothek zu, da war sich Rieke sicher. Aber es fiel ihr immer schwerer, die Wochentage auseinanderzuhalten. Die Tage ähnelten sich zu sehr.

Rieke betrachtete das aufgemalte Fußballtor auf der Mauer. Kinder hatte sie noch nie vor dem Tor spielen gesehen. Überhaupt sah man nie Leute auf der Straße. Kein Wunder, dass die Bibliothek so schwach besucht war. In diesem Teil der Stadt schien überhaupt kein Mensch zu wohnen. Schließlich hörte sie das Klacken vor Frauenschuhen auf der anderen Seite der Tür. Kurze Zeit später signalisierte ein lautes Schnappen, dass die Bibliothek für ihre Besucher geöffnet war. Rieke wartete einen Moment, dann drückte sie die eiserne Klinke herunter und trat ein.

Auf der ersten Etage, hinter einer Treppe aus weißen Marmorstufen, lag der Lesesaal mit seinen hölzernen Regalen. Es gab keine Bilder an den Wänden, nur in einer Nische, am Ende des Raumes, eine Eule aus grünem Speckstein, und die Neonlampen im Mittelgang waren immer eingeschaltet, selbst am Morgen. Jedes Regal ging bis an die Decke, vollgestopft mit Büchern. Schmale weiße Karten an den Seiten gaben Auskunft über den Inhalt. *Geografie* stand dort, oder *Romane, fremdsprachige Literatur* oder *Philosophie* und andere Einordnungen. Es gab aber auch ein Regal mit einer leeren Karte. Es war wohl bislang nicht geklärt, in welche Kategorie diese Bücher gehörten.

Die Bücher für ihr Alter standen direkt im ersten Regal. *Kinder- und Jugend* stand auf der weißen Karte, dann gab es noch Unterteilungen nach dem Alter, aber darauf achtete Rieke nicht. Sie las alle Bücher, und manchmal schaute sie auch unter den Büchern für Erwachsenen nach etwas Brauchbarem. Eigentlich war die Zahl der Bücher, die man auf einmal ausleihen konnte, begrenzt, aber bei einer

Stammkundin wie Rieke machte die nette Frau eine Ausnahme.

Rieke war immer alleine. Vielleicht lasen die anderen Kinder nicht. Die Stühle und der Tisch direkt am Eingang und die Sitzkissen vor dem Regal der Kinderbücher waren stets frei. Aber die Erwachsenen, die mussten doch ab und an Bücher ausleihen? Die kommen später, nach Mittag, oder am frühen Abend, hatte die Frau an der Ausleihe gesagt. Sie mochte die Frau, wusste aber ihren Namen nicht. Sie jedoch kannte Riekes Namen und lächelte freundlich, wenn sie ihre ausgewählten Bücher auf die Theke legte. Mit einem Stempel druckte sie das Abgabedatum auf das eingeklebte Blatt in der Innenseite des Einbands. Mit dem gleichen Stempel presste sie das Datum auf die blaue Karteikarte, die sie immer aus dem hölzernen Kasten mit Klappdeckel nahm. Daneben trug sie die Nummer der Bücher ein. Die Karteikarte trug Riekes Namen und war voller Stempel und Nummern. Rieke war die eifrigste Leserin der Bibliothek.

»Ach, deine Favoriten«, sagte die Frau, »die musst du doch bald auswendig können.«

Rieke nickte. Es stimmte, jetzt, als die Dame es sagte, fiel ihr auf, dass sie wieder die gleichen Bücher ausgesucht hatte. Trotzdem konnte sie sich nicht an deren Inhalt erinnern. Ebenso trug die Frau an jedem Tag das gleiche Sommerkleid, eins mit roten Blumen als Muster. Ob sie kein anderes besaß? Und warum konnte sie jeweils nur eine Seite des Gesichts sehen? Über die andere Gesichtshälfte hing immer ein Schatten. Dann nahm Rieke den Geruch wahr. »Riechen Sie das auch? Es riecht nach angekokeltem Speck.«

»Das sagst du immer«, sagte die Dame und schob ihr die Bücher zu. »Ach ja, dein bestelltes Buch kommt bald. Ich habe die Dame, die es ausgeliehen hat, gestern durch Zufall auf der Straße getroffen. Sie hat es fast ausgelesen und wird es früher zurückbringen. Vielleicht morgen oder übermorgen; du kannst es also schon früher haben.«

Rieke war verunsichert. Sie versuchte zu lächeln. Sie wusste nicht genau, welches Buch sie bestellt hatte.

»Kannst du dich nicht erinnern? Ich hatte es dir empfohlen. Es ist sehr spannend«, sagte die Frau.

»Mir fällt nur gerade der Titel nicht mehr ein.«

»Weltzerstörer«, sagte die nette Frau.

In dieser Nacht, die ihr kühler und dunkler als sonst erschien, fiel sie früh in einen bleiernen Schlaf. Noch bevor die Sonne aufging, erwachte sie aus einem unruhigen Traum. Überall in der Stadt hatte sie seltsame Plakate gesehen; an Mauern, Bäumen und Straßenschildern, sogar in den dreckigen Unterführungen und dunklen U-Bahntunneln. Rieke versuchte vergeblich, sich zu besinnen, wie die Plakate genau ausgesehen hatten. Vage konnte sie sich an eine Schrift auf schwarzen Grund erinnern. Tierkadaver waren über die Stadt verteilt gewesen, hier eine Katze, dort ein Vogel, ein Hund vor einer Betonmauer. Der Traum hatte sie geängstigt, und sie war schreiend aufgeschreckt, doch jetzt sah sie durch das offene Fenster zum ersten Mal die Sonne über den Dächern der Stadt aufgehen. Vorsichtig drang das Sonnenlicht wie ein umsichtiger Gast in ihr Zimmer, und die Traumbilder und ihre Furcht verblassten im Morgenlicht.

Der abgetrennte Kopf liegt vor dem Eingang des alten Bürgerhauses, direkt neben dem übergroßen Schaufenster des türkischen Friseurs. Im Schatten der steinernen Treppe ist der Kopf einfach zu übersehen. Leicht, ihn mit einem unbeabsichtigten Fußtritt versehentlich in den Gully zu treten. Es ist der Kopf einer Amsel. Sein spitzer, oranger Schnabel richtet sich kraftlos gegen den Himmel. Das linke geöffnete Auge ist halb entleert, das andere Auge nur noch ein blinder Fleck und unter dem abgerissenen Hals hat sich eine Lache aus getrocknetem Blut gebildet. Eine winzige Menge, vielleicht so viel wie ein Teelöffel fassen kann.

Natürlich eine Katze. Was sonst? Es muss eine Katze gewesen sein. Bringen diese Raubtiere nicht Opfer dar? Tragen sie nicht Teile der erledigten Jagdbeute zu Menschen, denen sie eine besondere Zuneigung entgegenbringen? Über der Haustürklingel befinden sich drei Namensschilder: Weißhaupt, Burggraf, Wysiclok. Vielleicht ist einer der Bewohner der auserkorene Liebling der Katze? Kurz überlege ich zu klingen, um die Bewohner darauf aufmerksam zu machen, dass der Teil eines Kadavers vor ihrer Haustür liegt und sie vielleicht doch besser mit Besen und Schaufel herauskommen sollten. Doch dann entscheide ich mich dagegen. Der städtische Reinigungsdienst wird schon seinen Dienst verrichten.

Im Schatten der Häuserfront gehe ich weiter die Straße hinunter. Die Taschen sind schwer, und die Griffe schneiden in meine Hände. Ich verfluche die Hitze, verfluche die Entscheidung, schon am Vormittag Bier beim Kiosk am Markt zu kaufen. Doch was soll man machen, es ist der einzige Laden, der an einem Sonntag aufhat. Ich trinke zu viel, ohne Frage. Ich bin einer der Idioten, der spät am Abend noch zur Tankstelle hastet, weil er Angst bekommt, dass das Bier im Kühlfach nicht reicht. Die Versuchung ist groß anzuhalten, eine Flasche zu öffnen und sich hier auf der Straße einen Schluck zu gönnen. Doch diese Blöße will ich mir nicht geben. Noch gibt es in mir einen Rest Stolz, nicht zu den endgültig Verlorenen zu gehören, die in den Unterführungen hausen oder die direkt an der Supermarktkasse die Schnapsflasche hastig aufdrehen. Ich werde es bis nach Hause schaffen, soweit ist der Weg nicht. Ich nehme mir vor, die Flaschen einfach ins Kühlfach zu legen und mir stattdessen einen weiteren Kaffee aufzusetzen. Der gefundene Vogelkopf ist Warnung genug. Es kann schnell zu Ende gehen.

An der nächsten Ecke, nicht weit von mir entfernt, direkt am Eingang zur alteingesessenen Kanzlei, steht ein junger Mann, altmodisch gekleidet, mit Schlaghose, Hemd und dünner Krawatte, vielleicht fünfzehn oder sechzehn Jahre, und starrt auf einen schwarzen Haufen auf dem Bürgersteig. Er stupst mit der Spitze seines Schuhs gegen die Masse. Ein Körperteil, vielleicht ein Schwanz, vielleicht ein Bein, zittert leicht im Sonnenlicht. Der junge Kerl lacht entzückt auf. Einige Meter weiter erkenne ich, dass es sich um den Kadaver einer Katze handelt. Der Jäger hatte also das gleiche Schicksal erlitten wie sein Opfer. Der Junge lacht wieder, dreht sich um, steckt die Hände in die Hosentasche und verschwindet hinter der Häuserecke. Ich bleibe vor dem Kadaver stehen. Kein schöner Anblick. Dem Tier ist im wahrsten Sinne des Wortes das Genick gebrochen worden. Der Kopf steht in einem unnatürlichen Winkel vom Körper ab, und die Augen sind weit aufgerissen. Katzenaugen erinnern zum Glück nie an Menschenaugen, auch haben sie, schon aufgrund ihrer schräg stehenden Pupillen, immer etwas Lauerndes; doch in den Augen dieses Tieres glaube ich Furcht und Grauen zu erkennen. Als hätte das Tier im Moment des Todes große Qualen durchgemacht. Ich schiebe mit dem Fuß das Tier vom Bürgersteig in den Rinnstein. Der Kadaver hinterlässt eine schmierige, weiße Spur auf dem hellen Stein.

Natürlich war es der Junge. Wer hätte es sonst gewesen sein können? Einer Katze so den Hals umzudrehen, dazu ist nur ein Mensch in der Lage. Von solchen Gestalten geht nur Unglück aus. Ich bin mir sicher, dass ich ihn schon vorher einmal gesehen habe. Ich schaue mich um. Der Kerl ist nirgendwo zu entdecken. Die beiden Straßen, die sich hier treffen, sind menschenleer. Kein Passant ist zu sehen. Alle sind vor der großen Hitze in ihre Häuser geflohen.

Ich schaffe es, die Flaschen in den Kühlschrank zu legen, ich schaffe es auch, mir einen Kaffee aufzusetzen und den Gedanken an das kühle Bier zu verdrängen. Noch bin ich nicht ganz verloren. Ich trete auf die Terrasse, schaue in den Garten, an dessen Ende ein verdorrter Birnbaum steht. Meine Nachbarin hat mir einmal erklärt, dass der Baum von einer seltenen Krankheit befallen worden ist. Ich kann mich nicht mehr an den Namen der Krankheit erinnern. Was geht mich das an? Ich wohne hier nur als Übergang. Ein altes, runtergekommenes Bürgerhaus in einem vergessenen Viertel der Stadt. Vor Jahren eine der besten Adressen, heutzutage nur noch Heimat der Vergessenen. Nicht weit entfernt liegt ein Park, ebenfalls früher ein Aushängeschild der Umgebung. Nun sind die Wege überwuchert, und unter den Büschen findet sich Müll und Abfall. Nachts treffen sich dort Dealer und Junkies. Sicherlich, meine Wohnung ist groß und geräumig, und das Haus hat eine denkmalgeschützte Fassade, aber der Kern ist alt und faulig. Überall kommt der Putz herunter, dreht man das Wasser auf, geben die Rohre ätzende Laute von sich, und der Wind zieht wie Hechtsuppe durch Fenster und Türen. Doch ich beschwere mich nicht. Ich habe Glück gehabt. Leute wie ich können sich nicht aussuchen, wo sie wohnen. In einigen Jahren soll das ganze Haus kernsaniert werden. Dann muss ich gehen – doch solange darf ich von meiner Terrasse auf einen verwilderten Garten schauen. In gewissem Sinne bin ich hier sogar zu Hause; als Kind lebte ich schon in diesem Viertel, nicht weit entfernt von diesem Haus, in einer Sackgasse, mit einer Ziegelsteinmauer am Ende.

Die Kaffeetasse zittert in meinen Händen. Unmöglich zu trinken, ohne die warme Flüssigkeit zu verschütten. Ich nehme die Streichholzdose, die ich immer in meiner Hosentasche trage, fahre mit einem Streichholz über die Reibfläche, einmal, zweimal, dreimal, bis der Zündkopf aufflammt. Ich lasse das Holz zwischen meinen Fingern abbrennen bis zu dem Moment, an dem ich die Hitze spüre. Erst dann schnippe ich den abgebrannten Span auf den Boden. Meine rechte Hand zittert immer noch. Ich zünde ein weiteres Streichholz an. Ein Spiel, das ich schon seit meiner Kindheit spiele. Ich beobachte die Flamme, sehe zu, wie sie sich schnell durch das dünne Holz frisst, warte auf den Moment des Schmerzes. Ich zähle sieben abgebrannte Hölzer, die gleich knochigen Fingern auf dem Boden liegen, als sich endlich eine gewisse Ruhe in mir ausbreitet. Meine Hand hat aufgehört, zu zittern. Ich habe meinem Schicksal ein weiteres Schnippchen geschlagen.

Die Katze war nicht das letzte Tier. Der Tod verteilt die Zeichen seiner Allmacht über die Stadt. Auf dem Weg nach Hause bin ich über einen weiteren Kadaver gestolpert. Um von der Innenstadt nach Hause zu gelangen, muss ich eine Unterführung durchqueren. Es ist der einzige Weg, da die Gleise der Bahn dieses Viertel von der Stadt trennen. Ein unangenehmer Ort, schmutzig und nach Urin und Fäkalien stinkend. Ein weiteres Zeichen für den Zerfall des Stadtteiles. Schon bevor ich den Tunnel betrat, war der Gestank unerträglich. Ich musste mir ein Taschentuch vors Gesicht halten. In der Mitte der Unterführung, eng gegen die mit Graffiti beschmierte Wand gepresst, lag ein toter Hund, ein immenses Vieh, fast so groß wie Kalb. Der Leib des Tieres war aufgerissen, und das Gedärm breitete sich auf den Pflastersteinen aus. Tausende Fliegen machten sich über das geschändete Tier her. Ein Anblick wie aus dem Inferno.

Ich eilte aus der Unterführung und versuchte die Frau, die mir entgegenkam, aufzuhalten. Sie lächelte nur, als ich mich gestikulierend und flehend, sie möge nicht weitergehen, vor sie stellte. Sie verschwand in der Unterführung. Ich wartete. Doch nichts geschah, weder ein entsetzter Schrei noch das schnelle Klacken fliehender Schritte. Stattdessen traten zwei Teenagerinnen aus dem Schatten des Tunnels und gingen laut plaudernd an mir vorbei.

Bin ich es? Sehe nur ich diese Dinge? Hat der Alkohol meinen Verstand so weit aufgefressen, dass ich mit offenen Augen halluziniere? Doch ich schaue mit klarem Blick auf meinen verwilderten Garten mit seinem kränkelnden Birnbaum, und in meinen Händen halte ich ruhig und fest die Tasse, in der sich noch ein kleiner Rest Kaffee befindet. Noch bin ich dem Wahnsinn nicht ganz verfallen.

Am folgenden Tag und in der Nacht fällt schwerer Regen,

ein Regen, der scheinbar nie enden wird. Vergessen sind die heißen Tage. Wie eine Stanzmaschine hämmert das Wasser gegen das Terrassendach und die Fenster. Durch das Küchenfenster dringt Wasser ein. Ein kräftiges Rinnsal, das ich nur durch mehrere Frotteetücher gestoppt bekomme. Der Garten hat sich in einen Teich verwandelt, und die Terrasse ist überflutet. Die Blumen, die ich einmal von meiner Nachbarin geschenkt bekommen habe, sind in ihren Kästen ertrunken. Ich suche weitere Lappen und Putztücher zusammen und rolle sie vor der Terrassentür zu einem Damm zusammen. Dann beobachte ich, wie das Wasser auf den Steinplatten steigt und schließlich der Garten unter einem See aus Regenwasser verschwindet. Plötzlich fällt das Licht aus. Auch die verschwommenen Lichter der Nachbarhäuser hinter dieser Wand aus Wasser sind erloschen. Die Finsternis ist total – man könnte glauben, man wäre erblindet. Ich höre das Schlagen des Regens gegen das Fensterglas, krame meine Streichholzschachtel aus der Hosentasche. Ich halte das angezündete Licht in die Höhe und muss über mich selbst lachen. Ich spiele Leuchtturm mitten in einer vom Sturm tosenden See.

Ich liege wach auf meinem Bett, lausche dem Regen und dem Stöhnen der Balken. Aufgeschreckt durch das Unwetter, gibt das Haus keine Ruhe. Es erzählt von den Nachbarn, die ich nie gesehen habe, und die nun aufgeschreckt durch ihre Wohnungen von einer Ecke zu anderen hasten. Ich höre ihre Schritte, ihre verzweifelten Rufe. Irgendwo jammert ein Kind. Ich bilde mir ein, das Schaben und Krabbeln der winzigen Tiere zu hören, die in den Spalten und Lücken der Wände hausen, und die nun panikartig versuchen, dem Wasser zu entkommen.

Am frühen Morgen, als erstes Tageslicht den Regen grau färbt, ertönt ein lauter, dumpfer Schlag; dann ein zweiter – etwas leiser, verhaltender. Irgendwo in der Stadt ist eine Mauer, vielleicht ein Haus eingestürzt, fortgespült von dieser plötzlichen Sintflut. Dann höre ich leichtes Plätschern aus dem Kellergeschoss. Das Wasser dringt in das Haus ein. Kein Grund zur Sorge. Im Keller befinden sich nur alter, überflüssiger Kram und unzählige Bücher. Restbestand aus einer alten Bibliothek, die schon vor Jahrzehnten aufgegeben wurde. Sollen sich doch die abgelegten Worte mit Schmutzwasser vollsaugen.

Trotzdem stehe ich auf, trete an das Fenster und schaue auf die Straße. Dort, wo sonst die Fahrbahn ist, ist nun ein Fluss, kniehoch. Das Wasser, eine dunkelbraune Brühe, trägt Dreck, Müll, abgebrochene Äste und tote Tiere mit sich. Direkt hinter dem Stadtrand beginnen die Berge. Einem Sturzbach gleich fällt von dort das Wasser ins Tal, reißt Bäume und Erde mit. In der Mitte der Straße schwimmt eine Holzkiste, einem Kindersarg ähnlich. Eine Erinnerung daran, dass der weitläufige, parkähnliche Friedhof mitten im Hang liegt, schutzlos den Fluten ausgeliefert. Werden nun die Toten in die Stadt getragen?

Meine Nachbarin steht im Vorgarten, eingepackt in Ölzeug und in Gummistiefel. Sie sieht mich hinter dem Fenster, winkt mich heraus. Es dauert eine Zeit, bis ich meine Sachen zusammenhabe. Als ich schließlich vor die Tür trete, bricht Sonnenlicht durch die Wolken, und der Regen lässt ein wenig nach.

Zusammen stampfen wir durch das kniehohe Wasser Richtung Allee, die vor ewigen Zeiten das alte Schloss mit der Stadt verband. Die Allee ist breiter als unsere Straße. Es gibt mehr Seitenwege, und die Vorgärten der alten Bürgerhäuser dienen als Auffangbecken, von daher ist das Wasser hier niedriger. Die Bäume gleichen zerzausten Besen, und treibende Äste verfangen sich in den Bänken und Zäunen. Irgendwo muss ein Schwimmbecken überflutet worden sein. Gelbe Kunststoffenten schwimmen brav in einer Reihe die Allee hinunter. Im Rinnstein jedoch treiben aufgedunsene Leiber ertrunkener Ratten. Zwei Kinder in Gummistiefeln, ein Junge, ein Mädchen, schieben die toten Tiere mit Holzstücken über das Schmutzwasser, als wären es kleine Boote. Vielleicht Geschwister, sie sehen sich sehr ähnlich. Sie sind vollkommen vertieft in ihr Spiel.

Meine Nachbarin beobachtet die beiden amüsiert.

»Egal, wie schlimm die Lage ist«, sagt sie, »Kinder machen immer das Beste daraus.«

Ich schaue meine Nachbarin gerne an. Sie ist eine schöne Frau, obwohl über ihre linke Wange eine breite Narbe läuft. Wir sehen uns oft. Wir spielen Karten miteinander, sitzen auf meiner Terrasse und trinken zusammen ein Bier. Sie lacht oft über mich, und doch duzen wir uns nicht. Es bleibt beim schönen, distanzierten, aber liebevollen »Sie«. Vor Jahren hat sie den Berg Bücher in meinem Keller deponiert. So haben wir uns kennengelernt. Sie wollte die Bücher retten. Ich half ihr beim Schleppen der Bücherkartons in meinen Keller. Danach tranken wir ein Bier auf meiner Terrasse. Seitdem sehen wir uns fast jeden Tag.

Einmal machte ich ihr, schon ziemlich betrunken, meine Aufwartung – wie man so sagt. Sie hat nur gelächelt und gefragt, was sie mit einem alten Trunkenbold wie mir anfangen soll?

Schließlich werden die Kinder von einer aufgebrachten Mutter ins Haus gerufen, und wir machen uns auf den Weg zurück.

»Haben Sie die Plakate gesehen?«

»Welche Plakate?«, frage ich.

Sie bleibt stehen und zeigt auf die Wand des stillgelegten Parkhauses. Dort, wo bisher Werbung für das geplante Bauprojekt prangte, hängen nun vier rechteckige Werbetafeln.

»Bereiten Sie sich vor! Der Weltzerstörer ist nicht fern!«, steht auf den Plakaten in roter Schrift auf schwarzem Grund. Kein Bild, kein Foto, kein weiterer Hinweis – nur diese zwei Sätze in wuchtigen Lettern.

»Man findet sie überall in der Stadt. Natürlich nicht immer so riesig. Meistens sind es Plakate normaler Größe, wie bei den Konzertankündigungen. Es gibt aber auch Aufkleber auf Laternenmasten oder Stromzähler mit der gleichen Botschaft. Ich weiß nicht warum, aber diese Plakate ängstigen mich.«

Ich versuche, sie zu beschwichtigen.

»Sicherlich nur eine Werbekampagne.«

Sie schüttelt den Kopf.

»Glaube ich nicht. Zuerst das mit den Tierkadavern überall, dann diese plötzliche Sintflut und nun überall diese Plakate. Nein, diese Stadt ist kein sicherer Ort mehr.«

Etwas stimmt mit den Plakaten nicht. Die Farbe ist zu matt und die Schrift hebt sich zu deutlich vom Hintergrund ab. Ich überquere die Straße, wobei Wasser in meine Stiefel eindringt. Meine Nachbarin ruft mir hinterher, was ich denn vorhätte und ich solle achtgeben, die Straße habe tiefe Schlaglöcher. Kurz glaube ich zu spüren, wie kalte Hände meine Beine festhalten, und fast verliere ich das Gleichgewicht. Obwohl das Wasser nicht so tief ist, hat es eine beachtliche Strömung. Die Überquerung der Straße dauert ewig, und erschöpft und außer Atem – als hätte ich einen reißenden Fluss durchquert – erreiche ich die andere Seite. Ich trete an die Wand heran, berühre den Beton und schaue hoch. Ich hatte recht. Trotz des Regens sind die großen Tafeln über mir knochentrocken, als stammten sie aus einer anderen Zeit. Ich krame ein Streichholz hervor, zünde es an. Es flammt auf, wie an einem heißen Sommertag.

Etwas hatte sich verändert. Die Bücher verloren ihre Macht. Immer öfter geschah es, dass sie die Wörter las, aber diese nichts mehr erzählten. Zwischen den Zeilen tat sich die weite Leere der Langeweile auf. Immer öfter schaute sie in den Himmel, und jedes Mal schien das Blau blässer, ja, an einigen Stellen löchrig. Der Himmel erinnerte immer mehr an eine Porzellanschale mit feinen Rissen. Verlor sie den Boden unter den Füßen? Einmal wurde sie zum Essen gerufen, aber auf dem Tisch im Wohnzimmer standen weder Teller noch Schüsseln und auch keine selbst gemachte Limonade. Die weiße Tischdecke war voller Flecken gewesen, und auf den Bildern, den schönen Porzellanfiguren und Möbeln lag eine Staubschicht. Sie hatte gerufen, aber niemand hatte geantwortet. Enttäuscht war sie zurück zu ihrem Baum und zu ihren Büchern gegangen. Doch die Sonne wurde von einer Wolkendecke verdeckt, und zum ersten Mal seit Beginn der Ferien war ihr kalt, und sie wünschte sich, sie könne ins Haus gehen, in ihr Zimmer oder ins Büro ihres Vaters. Ihr Vater arbeitete von zu Hause, obwohl sie ihn nie zu Gesicht bekam. Ihre Mutter war sicherlich in ihrem Schlafzimmer oder in der Küche, oder besuchte sie – wie meistens am Nachmittagen – einen ihrer unzähligen Freunde? Ihre Mutter war wunderschön, trug elegante Kleider und hatte blonde Locken, und zumeist war sie umgeben von freundlich lächelnden Menschen, ebenfalls schick gekleidet, aber sie konnte sich nicht mehr an die Stimme ihrer Mutter erinnern. Nein, das war doch falsch, zu ihren Freunden ging sie abends, tagsüber half sie der Köchin und dem Mädchen bei der Arbeit. Also musste ihre Mutter im Haus sein, wahrscheinlich in der Küche. Dann fiel es ihr wieder ein. Wie konnte sie sich so irren? Ihre Mutter hatte gar kein langes blondes Haar, sie trug keine eleganten Kleider, und sie hatten auch kein Personal. Das hatte sie in einem der Bücher gelesen. In irgendeiner blöden Geschichte über eine reiche Familie und ihre in Pferde vernarrte Tochter. Sie versuchte, sich an die Haarfarbe ihrer Mutter zu erinnern. Es gelang ihr nicht. Auch war sie sich nicht mehr sicher, ob ihr Vater in seinem Arbeitszimmer war. Hilfesuchend sah sie hinüber zum Haus. Oben, hinter dem Fenster seines Erkerzimmers, sah sie ihren Bruder stehen, in seinem weißen Hemd und seiner dünnen schwarzen Krawatte. Wie immer trug er das schwarze Haar zur Seite gescheitelt, dick mit Pomade bestrichen. In diesem Zimmer bewahrte er seine ausgestopften Tiere auf; Katzen, Vögel, sogar einen riesigen Hund.

Einmal hatte sie den Raum betreten, während er an seinem weißen Tisch einen Vogel sezierte. Die leblosen Augen hatten sie in ihren Schlaf verfolgt. Ihr Bruder schaute zu ihr herunter, winkte, lächelte sogar. Dann verschwand er, und sie war sich nicht sicher, ob sie ihn wirklich gesehen hatte.

Auf dem Weg zur Bibliothek war sie nicht alleine. Jemand folgte ihr. Ein Schatten, vielleicht nicht mehr. Drehte sie sich um, konnte sie niemanden entdecken. Und doch, sobald sie weiterging, folgte ihr jemand. Sie konnte es spüren, und wenn sie den Atem anhielt und angestrengt lauschte, hörte sie Schritte, die ihr folgten. Für einen kurzen Moment sah sie im Fenster des Schuhladens auf der anderen Seite der Straße das Spiegelbild eines Jungen. Er trug kurze Lederhosen, Sandalen, und in seinen Händen spielte er mit einer Streichholzdose. Das war also der Kerl, der ihr auf den Fersen war. Ruckartig drehte sie sich um.

»Hab dich«, sagte sie.

Doch der Bürgersteig, ja, die gesamte Straße war menschenleer. Lediglich die Schatten der Wolken trieben wie schwarze Boote über den hellen Asphalt. Sie suchte das Spiegelbild ihres Verfolgers, doch das Schaufenster des Schuhgeschäfts auf der gegenüberliegenden Seite war blind.

Dieses Mal würde sie sich Zeit nehmen. Dieses Mal würde sie genau überlegen, welche Bücher sie mitnehmen wollte. Dieses Mal würde sich nicht mit den gleichen langweiligen Schinken nach Hause gehen. Das nahm sie sich fest vor, als sie den Lesesaal betrat.

Sie bemerkte sofort die Veränderung. Auch in der Bibliothek gerieten die Dinge aus den Fugen. Die vier Kinderstühle um den niedrigen Tisch vor dem ersten Regal lagen umgestoßen auf dem Boden. Das Sitzkissen hatte jemand zum Fenster geschleppt und mit dreckigen Schuhen darauf herumgetrampelt. Auf dem Tisch lag ein aufgeschlagenes Buch. Die Seiten bewegten sich hin und her, als jemand die Tür zur Bibliothek aufstieß. Rieke schaute hoch, konnte aber niemanden entdeckten. Wer, außer ihr, sollte auch die Bibliothek aufsuchen? Das Neonlicht im Mittelgang der Bibliothek flackerte unruhig, und Rieke fiel es schwer, die Titel auf den Buchrücken in den Regalen zu lesen. Schließlich entschied sie sich für drei sehr dicke Bücher. Allesamt Klassiker, so stand es jedenfalls auf dem Umschlag. Ein Buch hieß »Die Schatzinsel«, die Titel der beiden anderen Bücher hatte sie sofort vergessen, nachdem sie sie ausgesucht hatte. Egal, sie würde nun neue Geschichten kennenlernen, und vielleicht schafften es diese Bücher, den notwendigen Zauber wiederherzustellen.

Doch als sie die Bände auf die Theke legte, sagte die nette Frau im gewohnten Ton: »Ach, deine Favoriten. Die musst du doch bald auswendig können.«

Rieke nickte. Sie wusste, es waren wieder dieselben Bücher. Daran ließ sich nichts ändern. Die Frau nahm die blaue Karteikarte aus dem Kasten, und dieses Mal fiel das Neonlicht auf die Gesichtshälfte, die bei allen vorigen Besuchen immer von Schatten bedeckt gewesen war. Rieke erschrak. Die Wange der Frau war eine einzige Brandwunde. Die Frau musste entsetzliche Schmerzen haben, trotzdem lächelte sie.

»Die Dame war heute hier«, sagte die nette Frau, »sie bringt dein bestelltes Buch heute Abend vorbei. Du musst also unbedingt morgen kommen. Dann kann ich dir das spannendste Buch der Welt geben.«

Und plötzlich fiel Rieke auf, dass das schöne Sommerkleid der Frau überall graue Flecken hatte und der Geruch von Asche in der Luft war.

»Ich weiß«, sagte die Frau immer noch lächelnd, obwohl diese Wunde sie schrecklich quälen musste, »es riecht angebrannt. Vielleicht hat jemand seine Zigarette nicht richtig im Ascher ausgedrückt.«

In dieser Nacht hatte Rieke furchtbare Albträume. Jemand oder etwas drückte ihr den Hals zu, und sie drohte zu ersticken. Als sie aufwachte, fiel das Sonnenlicht hell und heiß in ihr Zimmer und brannte wie Feuer auf ihrer Haut.

»Die Botschaft hat sich verändert.«

Meine Nachbarin, trotz der Hitze in Gummistiefel und Regenjacke, als wolle sie auf das nächste Unglück vorbereitet sein, zeigt auf die Plakate, die im gleichmäßigen Abstand auf der anderen Straßenseite auf einen Bauzaun geklebt sind.

»Der Weltzerstörer naht! Ankunft morgen!«

Die gleiche schrille Schrift, das gleiche finstere Schwarz, und weiterhin, kein Foto und kein Hinweis.

»Wir haben also keine Zeit zu verlieren«, sagt sie.

Es stimmt, die Nachricht ist alarmierend. Unmöglich, dass es sich um eine Werbekampagne handelt. Ich nehme meine Streichholzdose aus der Hosentasche, versuche im Gehen ein Holz anzuzünden. Vergeblich – die Hölzer haben Feuchtigkeit gezogen. Beunruhigt stecke ich die Schachtel wieder in meine Tasche. Meine Hand zittert, ich hoffe, dass meine Nachbarin vorschlägt, ein Bier trinken zu gehen. Natürlich sieht sie meinen Zustand. Doch sie schüttelt den Kopf.

»Unsere übliche Runde«, sagt sie. Also folgen wir den gleichen Straßen, überqueren die Bahnlinie, bleiben vor den immer gleichen Geschäften stehen, tun so, als würden wir die Zeichen nicht zu sehen.

Die Plakate sind über die ganze Straße verteilt. Sie hängen an Bäumen und Laternenmasten, kleben an Mauern und Toren. Niemand außer uns scheint sie zu bemerken. Die Passanten schreiten an ihnen vorbei, als wäre nicht geschehen. Man hört junge Leute scherzen, ältere Damen tauschen Kochrezepte aus, Kinder rufen einander Schimpfwörter zu. Angestellte der Kanzleien eilen mit Aktentaschen in den Händen zum Gerichtsgebäude. Ist das die gleiche Stadt, die vorgestern – oder war es vor einigen Wochen – noch drohte zu ertrinken? Sicherlich, das Wasser hat sich verlaufen, und die heiße Sonne hat die Schlammhaufen zu einer festen Masse getrocknet, doch überall liegen noch Müll, Plastikstühle, Autoreifen, Teile von Fahrrädern und abgebrochene Äste herum, und aus den Kellern der Häuser kriecht ein bitterer Gestank an die Oberfläche. Trotzdem scheinen die Stadtbewohner unbekümmert, beinahe fröhlich. Man ist davongekommen. Die wahren Weltuntergänge finden anderswo statt.

»Haben Sie auch Albträume, ich meine in der Nacht?«

»Ich habe den Jungen im Traum wiedergesehen, der vor der toten Katze stand und lachte«, sage ich. Natürlich weiß sie nicht, wovon ich rede. Ich habe noch andere Dinge geträumt. Furchtbare Dinge, die ich nicht erzählen möchte. Menschen, die bei meiner Berührung zu Asche zerfielen und winzige, schwarze Tiere, die aus den Wänden quollen und den ganzen Boden bedeckten. Ich fürchtete, dass sie mich erreichten, an mir hochkrabbelten und sich mit ihren scharfen Zangen in meine Haut bohrten. Ein Schatten, der sich im Schlaf über mich beugte und mich einhüllte, wie dicker schwarzer Rauch, und mir den Atem nahm. Und dann dieser Junge, am Ende eines Ganges, vor einer geöffneten Tür, durch die grelles Licht fiel, und vor ihm die tote Katze, die er immer wieder mit seinem Schuh antippte und dabei lachte, als wäre das Tier ein Spielzeug, und ich schrie zu ihm hinüber, er solle das lassen. Doch er grinste nur hämisch, wie ein Gnom, und das Licht wurde immer greller und brannte wie Feuer.

»Menschen in Ihrer Verfassung haben wahrscheinlich immer Angstträume. Doch ich wurde vorher nie von Alpdrücken gequält, nicht bevor diese Plakate auftauchten.« Und einige Schritte weiter, direkt vor dem Haus, wo ich den Vogelkopf gefunden hatte, fügt sie hinzu: »Ich weiß, wovon sie reden, auch ich habe den Jungen gesehen.«

»Wie kommt es, woher kennen Sie ihn?«

Ich bin nicht wirklich überrascht. Ich ahnte, dass sie von den gleichen Bildern heimgesucht wird. Wir sind uns nahe, trotz des Altersunterschieds, trotz der trennenden, höflichen Anrede.

»Vermutlich aus der Bibliothek, dort ist er mir bestimmt aufgefallen. Es ist schwer, ihn zu übersehen. Schließlich trägt er immer die gleichen, altmodischen Sachen. Solche schmalen Krawatten sind doch schon Jahrzehnte aus der Mode.«

Obwohl ich weiß, dass sie in einer Bibliothek arbeitet – sie hat mir davon erzählt –, kann ich mir gar nicht vorstellen, dass sie für eine längere Zeit ihre Wohnung verlässt und einer Arbeit nachgeht. Hat sie überhaupt ein eigenes Leben? Ihr Dasein scheint so eng mit dem meinigen verbunden zu sein.

Wir erreichen einen leeren Platz, von dem eine mitleidlose Sonne alle Schatten vertrieben hat, und setzen uns auf eine Bank. Es ist es sehr still. Eine Ruhe hat sich über die Stadt ausgebreitet, so wie sich ein weißes Tischtuch über eine festliche Tafel legt.

Wieder halte ich meine Streichhölzer zwischen den Fingern. Es gelingt mir, ein Holz anzuzünden. Dieses Mal lasse ich es zu, dass die Flamme meine Haut versengt. Augenblicklich werden meine Hände ruhiger.

»Ich wünschte, Sie würden mit dem Tick aufhören. Sie fackeln noch einmal versehentlich die ganze Stadt ab.«

»Ich weiß«, sage ich, »vielleicht ist ja so etwas Ähnliches schon geschehen. Wer kennt schon seine Vergangenheit in allen Einzelheiten?«

Der Schatten eines Vogels wandert über den hellen Stein, dann ein zweiter, ein dritter, dann ein ganzer Schwarm. Ich schaue in den Himmel, die Tiere sind nirgendwo zu entdecken.

»Ich reise ab, noch heute Abend. Ich glaube, das ist das Beste«, sagt sie.

»Dann werde ich die Ankunft des Weltzerstörers alleine erwarten«, sage ich. »Ich kann die Stadt nicht verlassen, es würde mich zu einem Geist machen.«

Wir schweigen eine Weile. Schon jetzt vermisse ich sie. Vielleicht ist es ja umgekehrt, und es bin ich, der kein eigenes Dasein hat. Sie ist jung, sie ist frei, doch mich hält meine Vergangenheit an diesem Ort fest.

»Sie haben eine Sturmwarnung herausgegeben. Heute Nacht soll ein Orkan über unsere Stadt fegen. Sehen Sie, der Himmel verdunkelt sich schon.«

Wolken schieben sich wie eine Mauer vor die Sonne. Die Stille wird vom aufkommenden Wind aufgerissen. Die ersten Regentropfen fallen auf die heißen Pflastersteine. Jetzt sind die Vögel am Himmel zu sehen. Der Schwarm ist direkt über uns. Sie fliehen aus der Stadt.

»Ich muss mich beeilen.«

Wir stehen auf, verabschieden uns.

»Was soll ich ohne Sie machen?«

»Sich betrinken, wie jeden Abend. Ein Mann mit Ihren Gewohnheiten, den beeindruckt der Weltuntergang nicht. Schreiben Sie mir eine Postkarte, wenn das alles vorbei ist.«

Der Sturm kommt früh und verwandelt den Abend in tiefste Nacht. Als wäre ein vorsintflutlicher Drache erwacht und würde sich an der Welt rächen. Ein fürchterliches Heulen und Brausen erfüllt die Luft. Die Bäume biegen sich wie Gräser. Natürlich hatte meine Nachbarin recht. Ich sitze auf meiner Terrasse, beobachte das Spektakel und schütte billigen Korn in mich hinein. Früher als gewöhnlich, noch bevor das erstrebte Vergessen einsetzt, wird mir schlecht. Ich übergebe mich, wasche das Erbrochene mit dem restlichen Schnaps vom Steinboden. Von den naheliegenden Dächern werden Dachziegel emporgehoben. Sie segeln durch den Sturm wie Papierflugzeuge und zerbersten mit Getöse in den Hinterhöfen. Mauerwerk löst sich vom gegenüberliegenden Haus und stürzt in den Garten. Sträucher und Blumen werden unter einem Berg aus Mörtel und Steinen begraben. So könnte es auch mir geschehen. Ich öffne den Verschluss der zweiten Flasche Korn. Wie hatte meine Nachbarin gesagt? Der Weltuntergang berührt nicht Männer mit meinen Gewohnheiten. Doch es gelingt mir nicht, auch nur einen weiteren Schluck zu nehmen. Schon der Geruch bereitet mir Übelkeit. Wohl oder übel bin ich dazu verdammt, dem Weltuntergang ins Auge zu sehen.

Ich bin ihm wieder begegnet. Er hat auf mich gewartet. Direkt vor meinem Haus hat er gestanden und auf mich gewartet. Seine Gestalt war mir vertraut. Ich bin ihm sicherlich schon mehrmals in meinem Leben begegnet. Er hielt eine tote Taube wie ein Taschentuch in seiner Hand. Sein Gesicht war bleich wie eine weiß getünchte Wand, und ich hatte große Angst, dass er nicht atmen würde.

»Ich komme Sie morgen abholen«, sagte er, »wir gehen zusammen.«

Er warf die Taube mit einer lässigen Geste in den Vorgarten des Hauses, so wie andere einen leer getrunkenen Kaffeebecher wegwerfen. Er deutete mit den Fingern zum wolkenverhangenen Himmel. »Retten Sie die Bücher!«

Ich weiß, was er meinte. Der Sturm wird erneut Regen mitbringen und Wasser in den Keller eindringen, an den Regalen hochsteigen und die Bücher, die Bücher, die meine Nachbarin dorthin gebracht hat, die sie mir zur Obhut übergeben hat, diese Bücher aus der alten Bibliothek, werden zuerst feucht werden, dann das Regenwasser wie ein Schwamm aufsaugen und aufquellen wie Schwämme. Das Papier wird modrig werden und die Rücken auseinanderfallen und all die gedruckten Worte, all diese von irgendwelchen Besserwissern aufgezeichneten Gedanken, werden zerfallen wie faules Laub.

Er forderte mich auf, er forderte mich dazu auf, hinunter in den Keller zu gehen, während draußen der Sturm wütet, und die Bücher mit den eigenen Händen vor dem Wasser zu retten. Doch wer rettet mich? Wer wird mich aus den überfluteten Verliesen herausholen? Die Gänge sind niedrig, die Stufen hinunter von unzähligen Schritten abgewetzt und schlüpfrig, ein Leichtes, auf der Treppe sein Gleichgewicht zu verlieren, besonders wenn man beschwert ist von alten modrigen Büchern; einfach, zu stürzen und im dreckigen Regenwasser zu ertrinken. Wird nicht immer davor gewarnt, bei

74

Hochwasser in den Keller zu gehen? Sind nicht schon viele in ihren eigenen Gemäuern elendig ersoffen? Wer rettet mich, während ich versuche, alte Bücher von vergessenen Autoren, alte Geschichten, die keiner mehr hören will, vor dem gierigen Wasser in Sicherheit zu bringen? Wer erbarmt sich meiner? Wer ist bei mir, wenn der Weltzerstörer kommt?

Wie erwartet sind die Stufen glatt und schlüpfrig. Eine nackte Glühlampe erleuchtet den niedrigen Gang. Man riecht sofort, dass die Stadt auf ehemaligem Sumpfgelände aufgebaut wurde. Sobald man unterirdische Gewölbe betritt, kommt einem der gleiche modrige Gestank entgegen. Als würde man eine Kiste überreifen Obstes öffnen. Ich halte mich am Geländer fest, taste mich langsam die Treppe hinunter. Ich werde nicht tief in die Gänge vordringen. Dafür reicht mein Mut nicht, dafür habe ich nicht genug getrunken. Schon nach wenigen Metern hören die gezimmerten Mauern auf, und stattdessen bestehen die Wände aus blankem, festgeklopftem Erdreich. Zwischen den klapprigen Holzregalen, auf denen die Hausbewohner Gläser mit Früchten und Gemüse stapeln, stehen die Kartons mit den Büchern. Ich brauche sie nicht zu öffnen, ich weiß, dass einige Bücher versengte Ränder, wie Brandwunden, aufweisen, ich weiß, woher die Bücher stammen. Obwohl die Luft muffig und abgestanden schmeckt, scheint die Pappe noch keine Feuchtigkeit gezogen zu haben. Mein Weg war also umsonst. Die Bücher sind nicht in Gefahr. Ich kann also beruhigt wieder nach oben in meine Wohnung gehen. Ich bin meinen Pflichten nachgekommen und darf mich weiter betrinken. Doch wie immer ist es der zweite Blick, der einem die Sicherheit raubt. Hinter den letzten Stapeln von Kartons, fast am Ende des Ganges, tritt Wasser aus dem Erdwerk. Ein feines, sauberes Rinnsal, direkt zwischen Decke und Mauerende. Das Fundament des Hauses hält also nicht mehr. Der tagelange Regen, das Unwetter, das draußen tobt, frisst sich seinen Weg in den Keller. Was soll ich machen? Ich hätte nicht nach hier unten kommen sollen. Die Bücher sind nicht zu retten. Gegen mein besseres Wissen ziehe ich die Kartons nach vorn, weg von der feuchten Wand. Dutzende, nein, Hunderte Kellerasseln platzen hinter den Schachteln hervor und überfluten Mauer und Boden. Angewidert springe ich zurück, trampele auf den Tieren herum. Vergeblich, einige flitzen an meinen Schuhen hoch und kriechen unter meinen Hosensaum. Schon immer hatte ich ein Ekel vor diesen Tieren, und sie jetzt auf meiner Haut zu spüren, versetzt mich in helle Panik. Ich packe ein Buch aus dem obersten Karton und schlage mir wild auf den Unterschenkel. Das Krabbeln erstirbt. Ich atme aus. Ich sage mir, dass ich ein Idiot bin, dass die Tiere mir nichts anhaben können, dass ich mich zusammenreißen soll, und überhaupt, was mache ich eigentlich hier unten? Ich höre ein Plätschern und schaue auf. Das kleine Rinnsal hat sich erweitert; die Erde, bisher durch die gestapelten Kartons zusammengehalten, löst sich auf. Schon fällt ein Stück der Mauer auf den Boden, dann das zweite. Wer weiß, wie viel Wasser sich hinter der festgestampften Erde gesammelt hat. Und dann bricht ein großer Brocken aus der Wand. Kurz bevor das gesamte Mauerwerk nachgibt, erreiche ich die rettende Treppe. Hinter mir werden die Bücher unter einem Schwall aus Erde und Flutwasser beerdigt. Das Licht erlischt, der Kellergang ist verschwunden. Ich glaube noch ein lautes Stöhnen zu hören, als würde jemandem unter Schmerzen die Luft geraubt; dann schließe ich hinter mir die Tür zum Keller.

Ihr Bruder wartete vor der Bibliothek auf sie. Sie wusste nicht warum, er hatte nichts gesagt. Trotzdem war sie nicht verwundert. Der Weg war ihr weiter erschienen als gewöhnlich. Das lag bestimmt daran, weil sie so müde war. Albträume hatten sie wieder geplagt, und schon den gesamten gestrigen Tag war sie voller Unruhe gewesen. Die Bücher hatten nicht geholfen. Die Geschichten waren langweilig gewesen, und Rieke hatte sich an Dinge erinnert, an die Schule, an die älteren Jungs, die sie immer ärgerten und an ihre Deutschlehrerin, die immer so nett lächelte. Plötzlich wusste sie wieder, neben wem sie in der Klasse gesessen hatte, konnte sich an Namen von Freunden erinnern. Sie wusste nun, dass sie um ihre Kindheit betrogen worden war, und sie war entsetzlich traurig geworden. Rieke war ins Haus gelaufen und hatte nach ihrer Mutter gerufen. Doch niemand hatte geantwortet, und auf den Möbeln hatte der Staub gelegen. Oben im Zimmer unter dem Dach, zwei Etagen von ihr entfernt, war ihr Bruder, zwischen seinen toten Tieren, festgefroren im Fensterrahmen, unbeweglich wie ein Bild. Unmöglich, zu ihm zu gelangen.

Sofort früh am Morgen war sie aufgebrochen, müde, gerädert von der Nacht, in der sie kaum Schlaf gefunden hatte, die Bücher unter dem Arm. Vielleicht hatte sie sich auch verlaufen. Sie wusste es nicht. Vielleicht war das der Grund, warum der Weg heute so lang war. Oder lag es daran, dass dieser seltsame Junge sie verfolgt hatte? Immer wieder hatte sie sich umgedreht und ihm zugerufen, er solle sie in Ruhe lassen, er solle abhauen. Er hatte sich nicht einschüchtern lassen. Er blieb kurz stehen, und sobald sie weiterging, folgte er ihr. Der Junge trug die gleiche blöde Lederhose wie beim letzten Mal, doch dieses Mal war er kein Schatten, dieses Mal war er wirklich da. Er lächelte, wenn sie ihn anbrüllte, dass er verschwinden sollte. In seinen Händen hielt er, genauso wie letztes Mal, eine Streichholzdose, und wenn sie weiterging, hörte sie hinter sich das Schnurren des Zündkopfes über der Reibfläche. Erst in der Mitte der Sackgasse, kurz bevor sie ihr Ziel erreichte, bemerkte sie, dass sie ihren Verfolger losgeworden war. Ihr großer Bruder stand vor dem Eingang der Bibliothek, und sein Anblick hatte den lästigen Kerl bestimmt verschreckt.

Ihr Bruder hielt ihr die Tür auf. Er würde hier auf sie warten. Er sagte noch etwas, was sie nicht verstand, doch da hatte sich schon die Tür geschlossen. Sie drückte die Klinge nieder, doch die Tür ließ sich nicht von innen öffnen. Zögerlich ging sie die Treppen zum Lesesaal hoch. Als sie den großen Raum mit den Buchregalen betrat, hörte sie, wie unten im Treppenhaus die Eingangtür wieder geöffnet wurde. Heute war sie also nicht die einzige Besucherin. Es war unangenehm dunkel im Raum, und hinter den hohen Fenstern hingen dicke Rauchwolken. Die nette Dame an der Ausleihe winkte sie zu sich. Sie strahlte. In ihren Händen hielt sie ein Buch, groß wie ein Atlas.

»Voilà«, sagte sie. Das Buch hatte einen tiefschwarzen Schutzumschlag, auf dem in schrillen, roten Lettern der Titel gedruckt war: »Weltzerstörer.« Sonst stand auf dem Umschlag nichts, kein Autorenname, kein Klappentext.

Die nette Dame an der Ausleihe war plötzlich verschwunden, das Licht in dem Raum wurde schwächer, und der Geruch von verbranntem Papier stieg ihr in die Nase. Irgendwo knisterte Holz, als würden sich tausende Insekten mit ihren Kiefern über die Regale hermachen. Rieke beeilte sich. Sie setzte sich an den niedrigen Tisch und schlug das Buch auf. Es gab nur drei Kapitel: Vergangenheit, Gegenwart, Zukunft. Bevor sie den ersten Satz lesen konnte, öffnete sich die Tür zum Lesesaal, und der Junge, der sie die ganze Zeit verfolgt hatte, trat ein.

Ich weiß, wo er mich hinführt. Er hat an der Tür auf mich gewartet, und ich bin ihm willenlos gefolgt. An der Bäckerei biegen wir ab, dann führt er mich an dem Park vorbei. Ich kenne den Weg. In diesem Viertel bin ich aufgewachsen. Er geht wenige Schritte vor mir, und ich folge ihm mit gesenktem Kopf, wie ein Hund seinem Herrn. Ich blicke nicht auf, starre stur auf den Bürgersteig vor mir. Ich kann mich an alles erinnern. Wir werden niemandem begegnen, und natürlich haben sich die Plakate an den Bäumen und Litfaßsäulen erneut verändert. Ich brauche nicht hinzuschauen. Ich kenne die Botschaft. Ich hätte meiner Nachbarin alles erzählen sollen. Vielleicht hätte sich mit einem Geständnis alles abwenden lassen. Aber sind Worte wirklich so mächtig? Reicht es, seine Untaten auszusprechen, um von der Strafe befreit zu werden?

Viel zu schnell erreichen wir die Sackgasse. Am Ende der Straße steht die Mauer, die unsere Stadt von den Wäldern trennt. Früher haben hier Kinder auf der Straße Fußball gespielt. Das mit Kreide gezeichnete Tor ist noch sichtbar. Nun fällt es mir wieder ein. In den Wäldern ist er immer auf Jagd gegangen. Er hat es mir einmal erzählt, vor einer langen Zeit. Wie konnte ich das vergessen?

Er bleibt vor dem Gebäude mit dem zerborstenen Fenster stehen und öffnet die Tür. Direkt neben dem Eingang zur Bibliothek hängt ein Plakat mit der neuen Botschaft.

Die Tür ist außen weiß und innen schwarz verbrannt. Die Treppe aus Marmorstufen hat standgehalten. Doch wo sich einst das Dach über die alte Bibliothek spannte, ist jetzt der freie Himmel sichtbar. Es stehen nur noch die Außenwände, rußgeschwärzt. Einzelne verkohlte Balken ragen aus dem Mauerwerk. Entsetzlich, wie lange die Spuren eines Brandes sichtbar sind. Später sagte man, dass man die Bibliothek mit all ihren brennbaren Büchern niemals in einer von Holzbalken getragenen Konstruktion hätte unterbringen dürfen. Was hilft diese Erklärung? Auch jetzt, an diesem Morgen, wo er mich zu dem Ort meiner Tat gebracht hat, höre ich das Zufallen der Tür des Lesesaals hinter mir, deutlich wie das Klappern einer Jalousie im Wind.

Ich werde nicht weitergehen. Ich werde nicht zur Mauer mit der Nische gehen, in der die grüne Specksteineule stand, unberührt von den Flammen. Ich werde nicht bis zu den Resten der kleinen Kammer gehen, in der man sie gefunden hat; ein verkohlter Körper, in sich zusammengesunken, ein Buch wie zum Schutz in den zu Asche verbrannten Händen haltend. Zwischen Besen und Putzeimern hat sie sich in Sicherheit bringen wollen. Das Buch hingegen war von den Flammen nicht angetastet worden.

Ich werde auch nicht die Stufen hochgehen bis zum Treppenpodest, wo man die Frau fand, erstickt, mit aufgeplatzten Brandwunden über den ganzen Körper, auch nicht zu der Stelle, wo unter Schutt und Asche sein Körper lag. All das werde ich bald wieder vergessen. Die Vergangenheit ist ein unbekanntes Land, das man nicht betreten soll. Das Unglück ehemaliger Tage erstickt die Lebenden.

Ich drehe mich um, öffne die Tür und trete auf die Straße. Für eine gewisse Zeit bin ich ihm entkommen. Die Welt hat erneut einen Aufschub erhalten; bis zu den Tagen, an denen ich wieder Tierkadaver auf den Straßen finden werde.

Eine Gruppe von Jungen spielt Fußball auf der Straße. Mit großer Freude donnern sie den Ball gegen das Kreidetor auf der Ziegelsteinmauer. Ein verzweifelter Torwart, dessen Knie vom Asphalt aufgeschürft sind, hält plötzlich inne, hebt irritiert den Kopf. Dicker Rauch liegt in der Luft. Der Himmel ist leuchtend rot.

Ich stelle mich direkt vor das Plakat neben dem Eingang der Bibliothek. Über meinem Kopf ist die neue Botschaft deutlich zu lesen:

»Der Weltzerstörer ist da! Rettet euch!«

Uwe Appelbe

Sommertag

»Wie still es ist!« Ruhig, fast sanft, stellte Elisabeth ihr leeres Glas auf die Steinplatte. Henry schaute auf. Sie hatte den Kopf erhoben, lauschte. Herny konnte nicht anders, als ihre Schönheit zu bewundern. Ihre strengen Gesichtszüge, die fein gezogene, spitze Nase und die leicht hervorstehenden Wagenknochen, über denen sich eine faltenlose helle Haut spannte, gehörten einer klassischen Schönheit, so wie man sie wohl früher in Museen auf alten, kostbaren Gemälden bewundert hatte. Und jetzt, wo sie ihre Augen leicht zusammenzog und angespannt in die Stille hinein hörte, strahlte sie eine agile Kraft aus, wie ein Tier, das plötzlich in Aufregung versetzt worden war.

»Höre doch«, sagte sie, »hör doch hin!« Nun stellte sie sich auf Zehenspitzen, spannte ihren Rücken, und Henry verfolgte den Verlauf ihrer Silhouette unter dem dünnen Sommerkleid. Henry lächelte. Sie war seine Frau, und sie war wunderschön, und das Alter war sanft mit ihr umgegangen.

Elisabeth stand an der Terrassenbrüstung und blickte über den Garten. Hinter der alten Ziegelsteinmauer lag ein Park, groß wie ein Wald, dessen Ende man nur ahnen konnte. Auf den Lichtungen sah man oft im Morgengrauen Tiere, Eichhörnchen, gelegentlich sogar Rehe oder Füchse. Oft hatte er Raubvögel beobachtet, die über die offenen Flächen auf der Jagd nach Nagetieren kreisten. Ein Paradies, das sich vor ihrer erhöhten Terrasse ausbreitete.

Jetzt, an diesem warmen Frühlingsnachmittag, wiegten sich die Laubbäume sanft im Wind, und ein Geruch von Lavendel und Harz lag in der Luft. »Kein Vogelgezwitscher, kein Brummen von Insekten, nichts«, sagte sie. Henry zwang sich aufzustehen, trat neben sie und tat so, als würde auch er in die Welt hineinhorchen. Er versuchte sich konzentrieren, doch es gelang ihm nicht. Sein Blick wanderte wieder an ihrem Dekolleté hinunter, und er dachte erneut an ihre Schönheit. Er konnte nicht anders. Er reagierte stärker als sie auf das Mittel, dessen bitterer Geschmack noch auf seiner Zunge lag. Bei ihm setzte der Liebesrausch unvermittelter und heftiger ein, während sie immer, auch bei starken Dosierungen, einen klaren Kopf behielt.

»Höre bitte kurz hin!«

Die Sonne stand tief – vielleicht zu tief für die frühe Nachmittagsstunde – und warf weite Schatten auf den Garten mit seinen Ziersträuchern, den Buchsbäumen, den Rosen und der großen Birke am Ende der Mauer. Der Park hinter der Ziegelsteinmauer war schon vollständig im Grau des Abends getaucht. Etwas stimmte nicht, es war doch erst früher Abend. Er sah keine Tiere, keine Vögel, keine Eichhörnchen, keine Insekten. Es war ganz still.

»Ich höre nichts«, sagte er.

»Genau«, sagte sie. »Und das sollte nicht sein!«

Sie hatte recht, etwas war nicht in Ordnung. Auch der Duft von Lavendel war verschwunden. Stattdessen mischte sich unter der Sommerbrise ein leichter Geruch von Moder und Rauch, als wäre irgendwo ein Feuer ausgebrochen.

Als er die Augen aufschlug, war ihr Gesicht ganz nah und er bemerkte die Flechte direkt neben ihrem Nasenflügel.

»Nimm das Gegenmittel«, sagte Elisabeth. »Etwas Unvorhergesehenes ist geschehen.«

Dann hörten sie die kleine Edda schreien. Sie war wohl aus ihrem Schlaf gerissen worden, und Elisabeth sah ihn besorgt an.

»Beeile dich«, sagte sie und eilte ins Haus, um das Kind zu beruhigen.

Er steckte den Kopf unter fließendes Wasser. Das Gegenmittel löste bei ihm immer Kopfschmerzen aus, und er fühlte sich leer und ausgebrannt. Der Stress des Arbeitstages saß ihm in den Knochen. Eine Zwölfstundenschicht vor vier Monitoren, die sekundengenaue Ablieferung der Ergebnisse, die stickige Luft, die kurzen Pausen, die gerade ausreichten, um die mitgebrachte Fertignahrung herunterzuschlingen. Oft hatte er Magenkrämpfe. Eine Programmierung zur besseren Stressbewältigung konnte er sich nicht leisten. Die billigen Chips stieß sein Körper ab, er hatte es versucht und sein Leben in Gefahr gebracht, und die teuren, hochwertigen Nanosysteme waren unerschwinglich. Ein Kollege hatte sie sich implantieren lassen. Er erledigte seitdem Vierzehnstundenschichten ohne Probleme. Zum Glück hatte er jetzt den zusätzlichen Job als Hüter des Häuserblocks bekommen. Er hatte Glück gehabt. Er war nicht ausreichend qualifiziert für die hochkomplexen Schaltungen, aber sie brauchten dringend Leute. Henry schaute in den Spiegel. Die Ränder unter seinen Augen waren tiefe Gräben. Er sah alt aus, zu alt für seine fünfzig Jahre. Erst in dreißig Jahren konnte er hoffen, ausreichend Geld zusammenzuhaben, um bei der Firma aufzuhören. Solange musste er durchhalten.

Plötzlich schrie Edda vor Angst. Etwas war geschehen. Er atmete tief durch, versuchte den Schmerz hinter seiner Stirn zu verdrängen. Er musste einen klaren Kopf haben. Wenn wirklich etwas nicht stimmte, musste er den Fehler isolieren. Er war der Wächter für das Haus. Er wünschte sich, er hätte die vergangenen Wochen genutzt, um sich besser in die Programmierung einzuarbeiten. Aber vielleicht hatte er Glück und es war ein Fehler in der komplizierten Verkabelung oder in den Platinen. Dann wäre die Zentrale dafür zuständig. Sie würden einen Techniker schicken und er wäre aus dem Schneider.

»Wo bleibst du?«, rief Elisabeth. Sie saß im Kinderzimmer auf dem Bett und hielt die Hand des kleinen Mädchens fest.

Edda trug ihr weißes, langes Nachthemd mit dem gehäkelten Bund, das weit über ihre Knie reichte. Auf dem blauen Bettzeug erinnerte sie Henry an eine ausgebreitete Blüte auf einem dunklen See. Sie hatte ihre Augen wieder geschlossen, atmete aber unruhig. Neben ihrer Seite lagen feine Kabel mit dünnen Steckern – kaum sichtbar in diesem blauen Stoffmeer. Elisabeth musste das Kind abgekoppelt haben. Edda hatte die gleichen Probleme wie er. Sie reagierte überempfindlich auf manche Sensoren, und so war es notwendig, sie auf die altmodische Art und Weise mit dem System zu verbinden. Die Kabel führten zu einem flachen Kasten in der Wand. Von dort aus wurde Edda mit den notwendigen Informationen und Gemütszuständen versorgt. Man hatte ihnen zugesagt, dass dem Kind, sobald es zur Erziehungsstätte gehen würde, resistente Nanochips eingesetzt würden. Ein staatliches Förderprogramm machte es möglich.

»Sie schläft nun wieder«, sagte Elisabeth und streichelte den Arm des Kindes.

»Du meinst, das System hat sie aufgeweckt? Eine fehlerhafte Information hat dem Kind einen Schrecken eingejagt?«

Elisabeth sah ihn besorgt an. »Ich sagte doch, etwas stimmt nicht.«

Henry schluckte und rieb sich nervös die Hände. Das sah nach einem üblen Schaden aus. So einfach wäre die Sache nicht zu handhaben. Er musste auf jeden Fall mit der Zentrale sprechen und nach dem Handbuch schauen.

»Es gibt ein Handbuch«, murmelte er, mehr zu sich selbst als zu seiner Frau, deren Gesicht nun im Schatten lag. »Ich meine ein richtiges Buch, das man nutzen sollte, falls falsche Informationen übermittelt werden.«

Er versuchte sich daran zu erinnern, wo er das Buch untergebracht hatte. Es war ihm damals so seltsam erschienen, einen solch antiquierten Gegenstand im Haus zu haben. Er wusste, dass man früher notwendigen Lebensraum in den Wohnungen für sogenannte Regale, also sperrige Lagerräume für Bücher, geopfert hatte, und er hatte lange überlegt, wo er das Buch aufbewahren sollte. Wenn er sich doch bloß erinnern könnte, wo er es schließlich abgelegt hatte.

»Henry, du musst etwas tun!« Elisabeths Gesicht konnte er nicht erkennen, es lag vollkommen im Schatten. »Henry, tu etwas! Der Brandgeruch dringt schon ins Haus!«

Oben im Wohnzimmer hielt er sich ein Tuch vor das Gesicht, so penetrant war der Geruch nach Feuer, Ruß und Staub. Er ging hinüber zur Steuerungseinheit an der Wand, wischte mit einer Bewegung das Foto vom Haus seines Bruders, das der Zufallsgenerator als Hintergrundbild ausgewählt hatte, zur Seite und gab seine PIN ein. Es würde eine Zeit dauern, bis das Gerät die Verbindung zur Zentrale hergestellt hatte. Sein Bruder hatte ein schönes, ein wirkliches Haus, mit zwei Etagen und einem großen Garten. Er wohnte dort mit seinen drei Kindern, seiner Frau und vier Gespielinnen. Das Haus lag am Strand von Grönland. Dort gab es sogar richtige Winter und schöne lange Sommertage. Sein Bruder war einer der führenden Programmierer des Systems gewesen. Jetzt genoss er seinen wohlverdienten Ruhestand. Er hatte ihm auch diese Wohnung am Rande der Zone verschafft. Eine schöne Wohnung, mit dem notwendigen Komfort und einem Park als gewählte Aussicht. Natürlich, es war nicht Grönland oder Neufundland – aber bisher waren er, Elisabeth und Edda hier glücklich gewesen.

Die Steuerungseinheit reagierte. Verschiedene Zeilen mit weißen Zeichen bauten sich vor ihm auf, ein Koordinatenkreuz erschien auf dem Bildschirm, dann eine Grundrisskarte mit den Häusern des Blocks. Die letzten vier Häuserumrisse zeigten Irritationen in Form von gelb und blau aufleuchtenden Punkten. Also war bisher nur die Software betroffen. Das war seine Aufgabe. Es gab keinen Grund, einen Techniker zu schicken. Eine Signallampe forderte ihn auf, eine Audioverbindung herzustellen. Das war ein gutes Zeichen. Nur bei schweren Fehlern wurde eine Videoverbindung angefordert. Der Schaden war also anscheinend nicht so groß.

Henry gab seinen Code, Name und Blocknummer ein. Ein Glockenton drang aus dem Lautsprecher, und eine sanfte Frauenstimme meldete sich.

»Welche Art von Störung liegt vor: Audio, sensitiv, visuell?«

»Sensitiv und Audio, Brandgeruch liegt in der Luft und keine Tierlaute.« Dann beschrieb er die falsche Datenübertragung, die Edda geweckt hatte.

»Einen Moment bitte«, sagte die Frauenstimme. Hatte er es sich nur eingebildet, oder klang die Stimme nun aufgeregt? Auf dem Bildschirm erschienen rote Punkte hinter den Häuserumrissen, genau dort, wo die Mauer verlief. Henry atmete tief durch. Er ahnte Schlimmes. Dann leuchtete plötzlich der Befehl CLOSING BLOCK auf.

Eine zweite Stimme meldete sich: »Hören Sie genau zu!« Ein strenger, militärischer Ton.

Offensichtlich war er mit einer Frau aus dem Sicherheitsteam verbunden worden. Der Schaden war also doch größer als angenommen, obwohl keine visuelle Verbindung hergestellt wurde. Oder sollte sogar diese Funktion schon beschädigt sein? Das bedeutete, dass die Zentrale eventuell infiltriert war. Ein furchtbarer Gedanke. »Die Datenübertragung ist aktiv torpediert worden«, sagte die Stimme. »Bevor Sie Fenster und Türen versiegeln, müssen wir wissen, wie groß der Schaden ist. Bitte treten Sie auf die Terrasse und machen sich ein Bild von der Lage. Achten Sie auf das Übliche, Unschärfe, eventuelle Löcher, farbliche Überzeichnungen, Metamorphosen usw. In der Zwischenzeit versuchen wir den Verursacher zu lokalisieren.«

Auf der Terrasse war der Gestank kaum zu ertragen. Ein Geruch von Fäulnis, Schmutz und Moder lag in der Luft. Das System musste schwer beschädigt sein. Das Programm für den Garten schien jedoch noch einigermaßen zu funktionieren. Der Rasen hatte noch eine grüne Farbe und die Blume zeigten keine Deformationen. Allerdings war die Farbe des Eichhörnchens, das in der Mitte der Wiese an einer Nuss knabberte, viel zu dunkel, und die Nuss hat eine eigentümlich hellgraue Farbe. Dann sah er die erste Metamorphose. Neben dem Nagetier ließ sich ein knallbunter Vogel nieder, mit einem Mäuseschädel und bizarr geformten Flügeln, und dann verfärbte sich das Gras für einen kurzen Moment lila.

Henry schaute hoch. Der Park mit seinen Bäumen zeigte deutliche Fehler. Einzelne Stelle waren ausgelöscht, anstelle von Zweigen und grünen Blättern waren dort nur graue Flächen. Andere Bäume waren unscharf und pixelig, wie bei einem alten Computerbild. Dann tauchten anstelle von Bäumen farbige Kuben und glitzernde Spiralen auf, deren grelles Licht im Auge schmerzte. Die Sonne schwoll an, verwandelte sich in einen blauen Ball und erlosch mit einem Schlag, und der gesamte Himmel brach buchstäblich zusammen. Hinter dem zerbröckelten Blau wurden die feinen Drähte und Netze, die die Projektion ermöglichten, sichtbar. Vor ihm spannte sich ein turmhohes Netz aus dünnen Kabeln und Drähten und hinter diesen feinmaschigen Drähten konnte man die Umrisse der Zone erkennen. Eine gewaltige Wüste, in der Sand, Salz und Staub von starken Winden aufgewirbelt wurde. Ein feiner, beißender Staub wehte durch das Netz und legte sich wie ein Film auf Garten und Häuserblock. Bald würde alles in eine trockene Wüste verwandelt werden. Henry fühlte sich wie gelähmt. Das System war vollständig ausgefallen. Jemand musste reagieren, sonst wäre alles verloren.

Scharfes Salz biss in sein Auge und riss ihn aus seiner Lethargie. Aus dem Wohnzimmer drang das Warnsignal des Systems. Er eilte zurück zur Konsole. Auf dem Bildschirm leuchtete der Befehl. CLOSING BLOCKS. Er durfte jetzt keinen Fehler machen. Zum Glück war dieser Ernstfall eine der wenigen Befehlsformen, die er sich hatte einprägen können. Es war die Grundübung seiner kurzen Ausbildung zum

Blockhüter gewesen. Er loggte sich mit der Sicherheits-PIN ein, befolgte die Befehlszeile, die nun erschien, und die alles übertönende Alarmsirene schrillte auf. Das System gab einem fünf Sekunden Zeit, sich in die Wohnung zurückzuziehen; dann setzten sich mit einem gewaltigen Rumpeln die Sicherheitsschranken in Bewegung. Mächtige Metallplatten schoben sich vor Fenstern und Türen. Wer es jetzt nicht in den Häuserblock geschafft hatte, war der Außenwelt ausgeliefert. Niemand konnte die Sicherheitsschranken von außen öffnen. Die Notbeleuchtung setzte ein und tauchte die gesamte Wohnung in ein sanftes Gelb. Mit einem sanften Brummen sprang die Klimaanlage auf interne Belüftung um, und kühle Luft füllte den Raum.

Sie waren in Sicherheit. Die Ressourcen waren auf Monate angelegt. Es gab keinen Grund zur Panik. Aber sie waren auch Gefangene. Kein Sonnenlicht, keine Aussicht, keine Terrasse, auf der Edda hätte spielen können. Sicherlich wäre es am besten, wenn Elisabeth und Edda sich in die Tiefschlafkammer begaben, bis dass der Schaden behoben war und das System sie wecken würde. Er jedoch durfte nicht schlafen – noch nicht! Henry kannte seine Pflichten, er musste vor Ort helfen, das System wieder hochzufahren. Er tippte die notwendigen Befehle zur Aktivierung der Tiefschlafkammern ein. Edda und Elisabeth hatten dreißig Minuten Zeit, sich auf den komatösen Schlaf vorzubereiten. Das Programm würde automatisch alle Außenstellen darüber informieren, dass sich beide in den Tiefschlafkammern befanden. Eine Sicherheitsfunktion, die es unmöglich machte, dass jemand in den Kammern vergessen würde. Wenn alles gut ginge, würden sie nach einem langen, erholsamen Schlaf in der Welt aufwachen, die sie kannten.

Ein grünes Blinken auf der Steuerungseinheit zeigte an, dass sich die Sicherheitszentrale wieder meldete. Henry berührte den Bildschirm, und die Frauenstimme von eben erklang. Henry gab eine genaue Schadensmeldung ab und berichtete, dass er den Block durch das Sicherheitsprogramm abgeriegelt hätte. »Sie haben hervorragend reagiert«, sagte die Frau und Henry lächelte. Hüter zu sein war etwas anderes, als einfach Daten von einem Monitor zu übertragen. »Hören Sie«, die Stimme nahm wieder diesen militärischen Ton an. »Es gibt weitere Probleme. Unsere Sensoren melden, dass das Schließen der oberen Etage in Ihrem Block verhindert worden ist. Sie können sich denken, wie gefährlich solch ein Zustand ist.«

Henry zwang sich, ruhig zu bleiben. Das Haus war also noch offen, und jeder konnte eindringen.

»Wir haben auch festgestellt, dass die Störung des Datentransports von dieser Etage ausging. Sie wissen, wer dort wohnt? Ein gewisser Lang, Friedrich Lang.«

Henry nickte. Er wusste nur zu gut, wer Friedrich Lang war.

»Kennen Sie diese Person?«

»Er war Mitarbeiter bei meinem Bruder. Ich habe ihn allerdings nie persönlich getroffen.«

»Umso besser! Sie werden jetzt zu diesem Lang hochgehen und den Schaden beheben. Sie haben ja einen Zugangscode zu allen Wohnungen.«

»Ich bin aber doch kein Polizist!«

»Aber Sie sind Wächter, und kein Polizist kann Ihren Block nun noch erreichen. Sie sind mit Lang in dem Block gefangen, vergessen Sie das nicht!«

»Sollte ich mich nicht zuerst darum kümmern, dass alle Bewohner in die Tiefschlafkammer gehen?«

»Das ist nicht notwendig, und dafür haben wir keine Zeit. Der Block ist nicht vollständig geschlossen, und damit ist alles gefährdet.«

»Und wie soll ich vorgehen?«

»Sie haben Ihr Handbuch. Sie müssen den Einwahlknoten finden und das System per Hand neu hochfahren.«

Henry nickte stumm. Er bemerkte, dass seine Hände zitterten wie ein Blatt im Wind.

»Haben Sie verstanden?«

»Ja«, sagte er.

»Gut. Denken Sie daran, wenn Sie das System nicht wieder ordnungsgemäß hochfahren, wird der gesamte Block aus dem System herausgenommen und der Zone zugeordnet. Aus Sicherheitsgründen wird nun diese Steuerungseinheit abgeschaltet.«

Der Bildschirm erlosch. Das matte Glas spiegelte nur noch sein eigenes Gesicht wider. Henry war allein.

Er ging die Stufen hinunter zu Eddas Zimmer, um sich von seiner Frau und seiner Tochter zu verabschieden.

Die Treppe war eng und an vielen Stellen brüchig. Mehrmals gaben Stufen nach. An den Betonwänden befanden sich modrige Flächen, groß wie Teller. Sie verströmten einen muffigen Geruch. Schon lange hatte sich niemand mehr um die Instandhaltung des alten Hausflurs gekümmert. Die Notbeleuchtung funktioniere nicht, und Henry tastete sich im Licht einer kleinen Taschenlampe die Stufen hinauf. Es war heiß, feucht und stickig. Die Hitze der Zone war in den Block eingedrungen. Es glaubte hinter den Betonwänden die Sandstürme heulen zu hören und vermeinte ein dumpfes Schlagen zu vernehmen, als würde jemand mit einem Werkzeug die Wände auf brüchige Stellen absuchen. Vielleicht waren sie schon da und versuchten, einen Zugang zum Block zu finden.

Elisabeth hatte sich tapfer verhalten. Ihr war klar gewesen, dass der Tiefschlaf für Edda und sie die beste Lösung war. Sie hatte keine Fragen gestellt. Er hatte Edda lange festgehalten, und das Kind hatte gelächelt, als er ihr die komfortable Kammer gezeigt hatte. Zum Abschied hatte er Edda auf die Stirn geküsst. Elisabeth und Edda hatten in ihren gläsernen Kammern wie zwei Märchenfiguren ausgesehen.

Henry hatte gewartet, bis sich die Panzerglasröhren hermetisch über die beiden Kammer geschlossen hatten, bevor er seine Wohnungstür von innen entriegelte und den Aufstieg wagte. Das alles hatte Zeit gekostet, wichtige Zeit, aber er hatte es nicht geschafft zu gehen, ohne sicher zu sein, dass die beiden wirklich aus der Gefahrenzone waren. Hier in der Dunkelheit des engen Treppenhauses, mit dem Pfeifen des Windes hinter der Betonmauer wurde ihm klar, dass er richtig gehandelt hatte, auch wenn er damit seine Anweisungen missachtet hatte.

Endlich, nach einem langen Aufstieg, erreichte er die letzte Etage. Das Brausen des Windes hinter der Außenmauer war nun zu einem bösartigen Toben angeschwollen. Vor ihm, eingelassen in einem Titanrahmen, befand sich die Stahltür, die zur obersten Wohnung führte. Hoffentlich wurde der Öffnungsmechanismus von den Notstromgeneratoren mit genügend Energie versorgt. Er tippte den Öffnungscode in die Schaltfläche neben dem Rahmen ein, wartete, zählte langsam bis zehn und atmete erleichtert aus, als sich die Tür mit einem Zischen öffnete und den Blick auf einen langen Flur freigab, an dessen Seiten Regale mit Büchern standen. Henry betrat vorsichtig und ungläubig die Wohnung. Er hätte sich niemals vorstellen können, so etwas jemals zu Gesicht zu bekommen. Was für eine Verschwendung von Lebensraum! Aber das war ja keine normale Wohnung. Es war die Wohnung von Friedrich Lang, einem der Architekten des Systems. Einer der Privilegierten; einer der Wissenden, der wahrscheinlich aus sicherheitstechnischer Notwendigkeit diese Bücher besitzen musste. Unwillkürlich wanderten seine Finger über die ledernen Einbände.»Der Fürst«, las er und »Gärten und Straßen« – offensichtlich handelte es sich nicht um Datenbücher oder technische Anleitungen. Zwischen den Büchern standen Fotos mit Bildern von Menschen vor Häusern mit Gärten, oder von Menschen, die in seltsamer Kleidung über Wiesen wanderten. Fotografien kannte Henry bisher nur aus dem Museumsprogramm. Sie waren schon lange aus der Mode, und Menschen abzubilden und auszustellen, deutete auf einen krankhaften Charakter. Beim nächsten Bild wurde seine Befürchtung bestätigt. Auf dem Foto lag eine junge Frau nackt am Strand und lachte den Fotografen an. Solche Abbildungen waren natürlich schon längst verboten. Jedem, der sich nackt ablichten ließ, drohte Gefängnisstrafe. Die oberste Richterin kannte in dieser Hinsicht kein Pardon. Auch das folgende Foto war beunruhigend. Es zeigte Menschen, die offensichtlich Alkohol getrunken hatten. Einer hielt sogar eine Zigarette in den Händen. Henry kannte die Dinger aus dem Aufklärungsprogramm. Zigaretten waren dort unter der Rubrik »Waffen und gefährliche Gegenstände« gezeigt worden. Wie befürchtet, war die Sache ein Fall für die Polizei. Jedoch die Wohnungen von Privilegierten wurden nicht gescannt. Nur so war die Sache mit den Büchern und Fotos erklärbar. Friedrich Lang musste außergewöhnliche Privilegien haben. Zweifelhaft, ob die Polizei da überhaupt etwas ausrichten konnte.

Am Ende des Ganges wurde eine Tür geöffnet. Licht fiel in den Flur.

»Kommen Sie herein, ich habe Sie erwartet«, sagte eine freundliche Stimme.

Henry betrat einen weiten Raum, wie er noch nie einen gesehen hatte. Vor ihm standen richtige Holzmöbel, also Stühle, Tische und sogar Sessel, und an den Wänden hingen Gemälde in breiten Rahmen, und der Boden bestand nicht aus hartem Kunststoff, sondern war mit Teppichen belegt. Vor der Seitenwand stand eine verschwenderisch große, luxuriöse Sitzgelegenheit, überzogen mit Leder und mit einem Meer von Kissen bedeckt. Henry schaute sich ungläubig um. Solche Einrichtungen vermutete man in einer Villa am Strand von Grönland, aber nicht in einem Haus am Rande der Zone. Nirgendwo konnte Henry eine Steuerungseinheit entdecken oder andere Bildschirme, auch gab es keine Systemboxen für direkte Körperanschlüsse. Scheinbar wurden in diesen Räumen überhaupt keine Daten abgerufen. Ja, so musste es auch bei seinem Bruder aussehen. So real und heimisch.

»Nun, kommen Sie schon herein.« Ein großer schlanker Mann in einem blauen Anzug stand am Fenster, mit einem Fernglas in der Hand, und schaute nach draußen in die Zone hinein.

»Auf dem Tisch steht ein Kaffee für Sie. Ich habe mir erlaubt, einen aufzubrühen. Schließlich bekommt man nicht jeden Tag Besuch.« Der Mann dreht sich um und schaute Henry an. »Vor allem nicht von einem Hüter«, sagte er mit einem Lächeln.

»Sie haben verbotene Bilder in Ihrem Regal im Flur stehen. Schon der Besitz eines Regals ist anmeldepflichtig. Ich könnte Sie bei der Polizei anzeigen.«

»Keine Sorge, das ist alles mit dem System abgeklärt. Außerdem haben Sie den Block versiegelt. Kein Polizist der Welt kann uns mehr erreichen, hier sind nur Sie und ich.« Der Mann wandte sich wieder der Fensterfront zu und schaute weiter durch das Fernglas. »Nun setzen sie sich schon und probieren Sie den Kaffee. Tausende würden alles dafür tun, um einmal in ihrem Leben Kaffee zu trinken. Nutzen Sie die Chance, Henry.«

»Sie kennen meinen Namen?«

»Natürlich, und Sie kennen meinen.«

»Sie sind Friedrich Lang.«

»Und Sie«, der Mann legte das Fernglas auf einen kleinen Tisch und schaute Henry herausfordernd an, »Sie sind der Bruder eines ehemaligen Kollegen von mir und nur aufgrund meiner Fürsprache Blockhüter geworden. Geeignet sind Sie nun wirklich nicht für diese Aufgabe. Aber, wie Sie heute erfahren haben, hatte ich meine Gründe.«

»Wie meinen Sie? Wovon reden Sie?«

»Ich rede erst dann weiter, wenn Sie sich setzen und Ihren Kaffee trinken.«

Zögerlich setzte sich Henry an den Tisch. Er kam sich vor wie ein Kind, das bei vermögenden Verwandten eingeladen worden war, klein und unbedeutend. Er hatte das Gefühl, in etwas hineingeraten zu sein, das er nicht verstand. Langsam nahm Henry die Tasse aus Porzellan – er vermutete, dass es sich um Porzellan handelte, gesehen hatte er das Material vorher noch nie – und führte sie an die Lippen. Das Getränk war warm und duftete ungemein anregend. Der erste Eindruck war bitter, dann breitete sich ein würzig-süßer Geschmack in seinem Mund aus, und ein erregender Geruch fuhr ihm durch die Nase. Der Geschmack war wie eine Erinnerung an etwas, was er vielleicht nie gekannt hatte.

»Ich wusste, es würde Ihnen schmecken.« Der Mann setzte sich ihm gegenüber an den Tisch, nahm die Kanne und schüttete sich eine Tasse ein. Friedrich Lang musste unermesslich reich sein, um solche Unmengen an Kaffee zu besitzen.

»Ich habe Sie ausgesucht, weil sie nicht in der Lage sein werden, die Sache rückgängig zu machen.«

»Ich verstehe Sie nicht, Sie meinen den Fehler im System?« Henry hielt die Tasse immer noch unter seine Nase. Unglaublich, dass ein nicht süßes Getränk so wohltuend sein konnte. Schon der Geruch war ungemein angenehm und auf sanfte Weise berauschend. Und doch, darum hatte er nicht den anstrengenden Aufstieg gemacht. Er musste aufpassen! Vielleicht wollte Lang ihn mit dem Kaffee benebeln und außer Gefecht setzen. Henry stellte die Tasse zurück auf die runde, flache Fläche, von der er nicht wusste, wie man sie nannte.

»Keine Sorge«, sagte Lang und nahm einen kräftigen Schluck aus seiner Tasse. »Kaffee ist harmlos.«

»Sie müssen die Datenübertragung wieder herstellen, damit ich den Block entriegeln kann«, sagte Henry. »Die äußeren Schutzzäune sind schon ausgefallen, und die Matrix produziert keine Lebensbilder mehr. Wir haben keine Zeit zu verlieren, wenn es nicht ohnehin schon zu …«

Er unterbrach sich. Ein furchtbarer Gedanke. Der Block war ja nicht vollkommen gesichert. Die Hitze und die Wüste, und die, die darin lebten, waren vielleicht schon eingedrungen, und alles war verloren. Er dachte an Elisabeth und Edda. Wie Scheintote lagen sie in den Kammern und harrten einer Zukunft, die es vielleicht nie geben würde.

»Das werde ich nicht tun«, sagte Lang und rührte gelassen mit einem silbernen Löffel in seinem Kaffee. »Und Sie sind nicht in der Lage, den Fehler zu beheben. Und wenn man es genau nimmt, habe ich die Sache nur beschleunigt.«

»Was reden Sie da für einen Unsinn!«

»Sie vergessen, wen Sie vor sich haben. Ich gehöre zu denen, die das System erfunden haben. Ich gehöre zu den Eingeweihten. Ich bin der letzte Privilegierte in Europa, und alles, was ich sage, ist wahr.« Lang hob seinen Löffel aus dem Kaffee und führte ihn zum Mund. Mit spitzen Lippen schlürfte er den Kaffee aus dem Silberlöffel. Henry fielen die langen, grazilen Finger des Mannes auf. Er hatte die Hände einer Frau. Auch seine Gesichtszüge waren weich und sanft, und obwohl Lang das doppelte Alter von Henry haben musste, fast noch jugendlich. Vor ihm saß ein Mensch, der ein Leben in Wohlstand und Komfort geführt hatte.

»Wir verlieren immer wieder einen Block, weil die Energieversorgung ständig an der Grenze der Überlastung ist«, fuhr Lang fort. »Die Wüste frisst sich wie ein Geschwür in die Stadt hinein. Einmal fällt ein Block im Süden, einmal einer im Westen aus, und so weiter. Ich habe die Sache, sagen wir mal, einfach vorverlegt.«

»Warum haben Sie das getan?«

Der Mann beugte sich vor. »Was ich aufgebaut habe, kann ich auch zerstören. Schließlich möchte ich mit meinen einhundertundzwanzig Jahren noch etwas erleben.«

Henry bemerkte, dass seine Hand zitterte. Verlor er die Kontrolle, oder war das der Kaffee? Er saß hier in diesem Luxusappartement mit einem Verrückten, während die Wüstenstürme um den Block peitschen und unten, in seiner Wohnung, im kargen Licht der Notbeleuchtung, Edda und Elisabeth in ihren gläsernen Kammern von den Notaggregaten am

95

Leben gehalten wurden. Nur das System konnte sie aus ihrem todesähnlichen Schlaf erwecken.

»Aber Sie müssen das System wieder herstellen!« Henry versuchte seiner Stimme einen festen Klang zu geben. »Sie wissen doch, dass wir ohne das System nicht leben können.«

»Blödsinn!« Lang erhob sich. »Das haben wir Ihnen nur eingeredet. Kommen Sie, ich erkläre Ihnen alles.«

Henry ballte die Fäuste. Vielleicht sollte er einfach diesen Irren niederschlagen, schließlich war er für die Sicherheit der Menschen im Block verantwortlich. Doch das würde nichts nutzen. Er allein konnte das System nicht wiederherstellen, er war auf Lang angewiesen.

»Sehen Sie, als alles zusammenbrach, damals waren Sie wahrscheinlich noch ein Kind, schien es die beste Lösung. Die Menschen hatten sich schon lange an ihre digitalen Spielzeuge gewöhnt. Trotz der auftretenden Hungerkatastrophen, der steigenden Temperaturen, der überfluteten Küstenstädte, der endlosen Kriege im Süden – ich weiß, das langweilt Sie jetzt wahrscheinlich, aber Sie sollten versuchen, einen Menschen wie mich zu verstehen, bevor Sie sein Handeln verurteilen – jedenfalls trotz all dieser, sagen wir mal, nicht angenehmen Entwicklungen, schienen die meisten Bürger zufrieden, solange ihre Spielzeuge funktionieren. Was lag näher, als das Ganze zu einem einzigen System zusammenzuführen und eine digitale Welt zu erschaffen, in der es dem Einzelnen an nichts fehlte. Außerdem waren all die einzelnen Geräte viel zu aufwendig, viel zu fehleranfällig und verbrauchten viel zu viel Energie. Wissen Sie, wie groß der Energiebedarf dieses ominösen Internets war; ein System, das hauptsächlich genutzt wurde, um einander zu beschuldigen und zu schaden? Und dann all diese kleinen Kommunikationsgeräte, die sie Smartphone nannten? Schon allein, was diese Dinger an seltenen Erden und Kupfer verschlangen. Dabei taten die Menschen nichts anderes damit, als sich dumme Filmchen anzusehen. Jedenfalls waren damals schon die Ressourcen knapp, obwohl das niemand wahrhaben wollte. Man benötigte einen Notfallplan.«

»Und Sie und mein Bruder erstellten solch einen Plan?«

»Ihr Bruder? Der war nur einer unter vielen. Aber geschickt darin, innerhalb der Firma die richtigen Beziehungen zu knüpfen. Henreid – der Name sagte Ihnen doch etwas? – Henreid ist der Architekt des Systems, nicht der geniale Techniker, er könnte noch nicht einmal eine Steuerungseinheit programmieren – aber der Manager und Politiker. Henreid war der Retter Europas. Er holte all diese kleinen Autokraten, die damals das Sagen hatten, mit ins Boot. Sie können sich ja nicht vorstellen, was für Trottel das waren. Sie schwafelten von ihren Nationen und ihren Völkern, als hätte das alles eine Bedeutung gehabt in einer Welt, in der Trinkwasser knapp wurde und Energie fast unbezahlbar. Er versprach ihnen die ultimative Sicherheit. Eine Festung von historischem Ausmaß. Diese Nationalisten waren dumm wie Stroh. Leute wie ich und ihr Bruder lieferten nur die Technik für Henreids Plan.«

»Aber Grönland …«

»Ihr Bruder lebt da, nicht wahr? Das heißt, er ist nicht weit von Henreid. Sicherlich arbeitet er mit ihm an der neuen Entwicklung. *Heterotopie 1* hat Heinreid das Projekt getauft. Er bezieht sich wohl da auf einen vergessenen Philosophen. Grönland, Neufundland, das nördliche Kanada, Teile von Asien – alles soll autark werden. Europa hat Henreid wohl abgeschrieben. In seinem letzten Brief, da staunen Sie, nicht wahr, ja, er schreibt Briefe, sprach er davon, Europa von nun als Experiment zu betrachten. Sozusagen als eine Art Biotop. Er will sehen, wie sich die Zone entwickelt. Ihr Bruder hatte den richtigen Riecher, als er nach Grönland gegangen ist.«

»Das heißt …« Henry rang mit den Tränen. Die Horden standen vor der Stadt, und das System war zusammengebrochen. Alles war eine Illusion. Es hatte nie Sicherheit gegeben, vielleicht nie ein Leben, das er sein eigenes nennen konnte.

»Das heißt, wir stehen an einer Zeitenwende.«

Lang ließ sich mit einem zufriedenen Lächeln in den Sessel zurückfallen. Er schien sich tatsächlich an der eingetretenen Katastrophe zu erfreuen. Er war ein verwöhnter, alter Programmierer, der hier in seiner luxuriösen Dachwohnung vom Ende der Welt geträumt hatte und sich nun wie ein Kind freute, dass seine Wünsche Wirklichkeit wurden.

»Sie sind krank«, sagte Henry. »Sie haben alles aufs Spiel gesetzt, alles zerstört. Für sie ist es einfach – sie haben keine Frau, keine Kinder, die von ihnen abhängig sind. Wir haben doch alle nur ein wenig Lebensglück gewollt. Wir haben doch alle …«, Henry versagte kurz die Stimme. Wut und Verzweiflung erstickten die Worte, bevor er sie aussprechen konnte. »Sehen Sie«, brachte er mühsam hervor, »es war vielleicht nur ein vorgegaukeltes Leben, aber es war unser Leben. Zwölf Stunden am Tag habe ich für diesen Schein einer Existenz in den Höhlen gearbeitet, zwölf Stunden, damit ein kleines Kind Freude an einem Schmetterling hatte, auch wenn dieser Schmetterling nie existierte. Wir wussten doch, dass alles eine Täuschung war«, er schaute Lang mit Tränen in den Augen an, »aber, es war besser als das Nichts, was uns jetzt erwartet. Sie haben nicht nur die Täuschung, sondern auch unser Leben zerstört. Und Sie hatten kein Recht dazu. Hören Sie! Sie hatten kein Recht dazu!«

»Mein Gott, wie ernst Sie sind«, sagte Lang.

Henry fühlte sich wie ein Kind, ausgeliefert und hilflos. Ungehindert liefen ihm die Tränen an den Wangen herunter. Er hatte nur die Hälfte von dem verstanden, was Lang ihm erklärt hatte. Er wusste nur, dass sein Leben und das von Elisabeth und Edda zerstört war. Er würde keine Nachmittage auf der Terrasse mehr geben, keine Spiele in der Sonne. Niemals mehr würde Edda die Tiere im Garten beobachten und verzückt lachen, wenn das Eichhörnchen versuchte, eine Nuss zu knacken. Er hatte immer gewusst, dass das Eichhörnchen kein wirkliches Einhörnchen war. Die Tiere waren schon vor

Jahrzehnten aus Europa verschwunden. Wie fast alle Tiere. Es gab schon längst keine Gärten, keine Vögel und keinen Wald mehr. Selbstverständlich war das alles eine Illusion gewesen, ebenso wie die Schönheit von Elisabeth. Aber das hatte es doch nicht weniger wertvoll gemacht. Diese Illusion hatte er sich teuer erkämpft und hart erarbeitet, und nun war auf einen Schlag alles vernichtet. Jetzt gab es nur noch die Wüste, und die Horden, die darin lebten.

Henry spürte Langs Hand auf seiner Schulter. Er schaute auf, wischte sich die Tränen aus dem Gesicht. Der Programmierer stand vor ihm und schaute ihn tröstend an. Seltsam, er sah nicht aus wie ein Wahnsinniger. In gewisser Weise konnte er Lang verstehen. Es hatte immer die Gewissheit gegeben, dass alles eines Tages enden würde – aber warum so schnell und warum so endgültig? Es musste doch einen Ausweg geben.

»Kommen Sie«, sagte Lang, ergriff seine Hand und führte ihn zum Fenster.

»Sehen Sie«, Lang zeigte auf die Wüste, die sich vor ihnen bis zum Horizont ausdehnte. Der Sturm hatte sich gelegt. Die Wirbel aus Sand und Salz wurden dünner, und an einzelnen Stellen trat ein hellblauer Himmel erfuhr. Seltsamerweise war der Brandgeruch verschwunden.

»Es sollen Monster darin leben«, sagte Henry.

»Nur Menschen«, sagte Lang.

»Das kann ich mir nicht vorstellen.«

»Doch, dort draußen leben Menschen. Henreid behauptet, es gäbe sogar Städte, und am Ende dieser Wüste liegt das Meer. Haben sie das Meer schon einmal gesehen?«

Henry schüttelte den Kopf.

»Bald werden wir näheres erfahren«, sagte Lang, nahm das Fernglas von dem Tisch und hielt es vor seine Augen. »Sie haben recht«, sagte es, »ich hätte vielleicht auch nach Grönland oder Neufundland gehen sollen. Aber irgendetwas hielt mich hier fest. Ich wollte wissen, was in dieser Zone geschieht.« Er nahm das Glas wieder von den Augen. »Nein, noch nichts. Wahrscheinlich ist es zu früh. Noch haben sie nicht bemerkt, dass der Block ausgefallen ist.«

Plötzlich zog ein schwarzer Schatten am Fenster vorbei, groß, weit und schnell. Entsetzt trat Henry einen Schritt zurück.

»Ein Vogel«, Lang war ganz aufgeregt, »ein richtiger Vogel!«

Er hielt wieder sein Glas vor den Augen. »Wissen Sie, was das heißt? Vögel müssen sich ernähren. Das heißt, dort draußen muss es noch andere Dinge geben.«

Henry kniff die Augen zusammen, suchte mit seinem Blick die weite Ebene ab. Der Wind hatte sich vollständig gelegt, und Henry erkannte nun einzelne Formen in dem Wüstensand. Es gab Steine, einige groß wie Türme, die aufrecht im Sand standen, manche von ihnen bildeten einen Kreis. Und es gab Stellen, an denen anstelle des Sandes feiner Kiesel lag, sogar einzelne knorrige Büsche. Etwas weiter weg war eine Erhöhung, wie eine Düne, und an dieser Stelle ragten dürre Bäume, mit Ästen wie verbrannte Glieder, in den Himmel.

»Sehen Sie«, Langs deutete aufgeregt mit dem Finger zum Horizont, »dort sind sie.«

Henry sah eine dünne, graue Linie am Horizont, die sich scheinbar bewegte. Sie erinnerte an einen Wurm, oder ein dünnes Reptil, das über heißen Wüstenboden kroch.

»Geben Sie mir Ihre Gläser«, sagte Henry.

Was ihn an einen Wurm erinnert hatte, waren tatsächlich sich bewegende Punkte, manche waren größer, andere kleiner, manche erinnerten an mächtige Tiere, die große Lasten tragen konnten, andere Punkte erinnerten an Menschen, eingehüllt in Laken oder Tücher, und dazwischen Gebilde, die immer wieder ihre Form änderten. Und dann waren dort Wagen, zwischen den Tieren, auf denen Feuer brannten – Henry konnte diese Brände durch das Fernglas erkennen – und über diesen Feuern baumelten an gespannten Seilen längliche Körper. Es gab auch Fahnen an langen Stangen, festgezurrt an den Feuerwagen, und auf dem Rücken der Tiere ritten Menschen. Jetzt konnte er sie genau erkennen. Die Karawane, so nannte man wohl solch einen Zug, bewegte sich schnell und schon bald schlängelte sie sich an der Düne hinunter, vorbei an den abgestorbenen Bäumen. Das Fernglas zeigte nun die Einzelheiten deutlich. Die Menschen waren eingehüllt in Tücher, um sich vor der Hitze zu schützen, und auf dem Rücken trugen sie schwere Lasten, zusammengeschnürt aus Seilen und Plastikfetzen. Dazwischen bewegten sich die großen Tiere wie schwerfällige Boote. Die Tiere erinnerten ihn an fette Schweine mit riesigen Beinen. Gerade zog einer dieser Tiere an dem Ausschnitt, den das Fernglas lieferte, vorbei, und jetzt kamen die Bahren mit dem Feuer ins Sichtfeld. Henrys Blick fiel auf die Körper, die über den Feuern baumelten.

Er nahm das Fernglas von den Augen und reichte es Lang.

»Kannibalen«, sagte er, »es sind Kannibalen.«

Lang schaute ihn ungläubig an, dann griff er nach den Gläsern, fixierte mit den Objektiven die Karawane, die sich ihnen näherte.

Henry wandte sich vom Fenster ab, setzte sich auf einen der riesigen Sessel und starrte auf seine Hände.

»Mein Gott, was haben wir getan!«, hörte er Lang sagen.

»Fahren Sie das System wieder hoch«, sagte Henry.

Lang ließ das Fernglas auf den Boden fallen. Plötzlich sah er müde und entsetzlich alt aus; jegliche Kraft war aus ihm gewichen, wie Luft aus einem Ballon.

»Unmöglich«, sagte er, »das ist unmöglich. Niemand mehr kann das System reparieren. Unsere Technik ist am Ende.«

Er setzte sich Henry gegenüber und starrte ihn an.

Sie schwiegen. Eine beißend helle Sonne tastete mit ihren Strahlen den großen Raum ab. Schon jetzt war die Hitze der Wüste zu spüren.

»Vielleicht irren wir uns ja«, sagte Lang.

»Wir haben keine Waffen«, sagte Henry.

»Es sind zu viele – auch wenn wir Gewehre hätten.«

Sie schwiegen wieder.

»Haben Sie …?«

Lang nickte. Die tödlichen Tabletten befanden sich in einem Kästchen auf der Kommode. In jeder Wohnung gab es welche. Sie gehörten zur Standardausrüstung.

Plötzlich war ein Summen zu hören, das schnell lauter wurde. Henry schaute auf. Mit einem gewaltigen Schlag durchschlug ein Stein die Fensterfront.

Sie wurde vom hellen Tageslicht geweckt. Die Panzerglasröhre war nach oben aufgeklappt und eine angenehme Brise fuhr über ihr Gesicht. Ihre Arme und Beine fühlten sich entsetzlich steif und schwer an. Sie mussten lange geschlafen haben, Jahre vielleicht, eine ganze Ewigkeit. Kühle Tropfen landeten auf ihrer Stirn, die angenehm kitzelten, und sie musste niesen. Es poppte in ihren Ohren, und plötzlich hörte sie ein leichtes Rascheln, als würde Wind durch Laub wehen. Es dauerte einige Zeit, bevor es Edda gelang, ihren Kopf zu heben. Sie schaute über den Rand der Kammer. Die großen Metallplatten hinter dem Fenster waren verschwunden.

Mühsam richtete sie sich auf. Sie fühlte sich nicht müde, sondern nur steif wie eine Puppe. Es war, als müssten ihre Arme und Beine wieder lernen, sich zu bewegen.

Schließlich stand sie aufrecht, wenn auch wackelig, neben diesem seltsamen Bett, in dem sie scheinbar eine Ewigkeit gelegen hatte.

Dann hörte sie eine Stimme. Jemand sang. Ein Mädchen sang ein Lied. Edda machte die ersten Bewegungen in den Raum hinein, stolperte der Stimme entgegen. Die Tür zur Terrasse war offen.

Edda trat hinaus. Ein strahlend blauer Himmel empfing sie. Hohes Gras wurde im sanften Wind hin und her geweht und weicher, süßlicher Duft lag in der Luft. Mitten im Garten war ein Tümpel. Ein schwarzer Vogel badete darin und spritzte mit seinen Flügeln das Wasser hoch. Ein paar Wassertropfen landeten auf ihrer Stirn, und Edda lachte auf. Was für ein schöner Sommertag!

Edda kletterte die Terrasse hinunter, spürte das Gras unter ihren Füßen. Zum ersten Mal in ihrem Leben verschwand der Garten nicht, wenn man ihn betrat. Aufgeregt lief sie dem Vogel entgegen, der entsetzt seine Flügel ausbreitete und mit wilden Schlägen in den Himmel aufstieg. Vergnügt verfolgte Edda seinen Flug.

Dann hörte sie Schritte hinter sich. Edda drehte sich herum. Vor ihr stand ein Mädchen, nicht viel älter als sie selbst. Es war in helle Tücher gekleidet, seine Haut war tiefbraun, und als es seine Kapuze zurückschlug, kamen lauter schwarze Locken hervor. Es hatte strahlend grüne Augen, lächelte Edda an und erhob seine Hand zum Gruß.

Andreas Fieberg

Hirngespinst

Eigentlich sollte ich glücklich sein, aber seit einiger Zeit habe ich Anwandlungen, die mich an meinem Verstand zweifeln lassen. Ich liege zwischen den weißen Laken eines Krankenbettes. Wie bin ich hierher gekommen? Kaum daß ich mich erinnere! Losgerissene Brocken ohne Sinn und Zusammenhang treiben halb versunken durch mein Gedächtnis, das nur eine trübe Strömung ist, über deren Richtung ich keine Gewalt habe. Da ist das Bild einer blutverschmierten Rasierklinge, der Nachhall einer unbezwingbaren Verzweiflung und ein rasender Selbsthaß. Gedankenverloren streiche ich über meine Handgelenke, hinter denen ein sanfter Puls pocht. Die Haut dort ist glatt, unversehrt. Dabei ist es doch erst gestern gewesen? Meine Tat sollte mich erlösen, aber ich lebe. Ich lebe immer noch, und heute wundere ich mich darüber, daß diese Tatsache mich verwundert. Doch was ist das für ein Leben? Mein Mann greift scheinheilig nach meiner Hand, und jetzt steht mir wieder alles vor Augen: Das Leben an der Seite dieses Menschen, der mich halb im Scherz, halb im Ernst als »die Frau seiner Träume« zu nennen pflegte. Aber das war früher, und die Zeiten ändern sich, Träume verwandeln sich in Alpträume. Heute spioniere ich ihm nach und versuche herauszubekommen, was er im Schilde führt. Er ahnt nicht, daß ich seine Telefongespräche belausche. Er spricht mit gesenkter Stimme, den Rücken über den Hörer gekrümmt, und ich muß mir aus seinen Äußerungen die andere Hälfte des Gesprächs zusammenreimen. Viel gibt das nicht preis, ich meine nur soviel zu erkennen, daß es um Frauen geht. Auch ich komme in den Gesprächen vor, ich – sein Ein und Alles, in einem Atemzug genannt und auf dieselbe Stufe gestellt mit namenlosen Flittchen.

Wir haben das Krankenhaus verlassen, die Hand an meinem Ellbogen, dirigierte er mich über die Flure, vorbei an achtlosen Krankenschwestern und gleichgültigen Patienten. Wie gesagt, seit einiger Zeit habe ich Anwandlungen, die mich an meinem Verstand zweifeln lassen. Ich komme mir unwirklich vor, so als würde es mich gar nicht geben. Dicht nebeneinander gehen wir über den Bürgersteig, doch unsere Hände berühren sich nicht. Mein Spiegelbild in den Schaufenstern sieht so substanzlos aus wie ich mich fühle. Es zeigt eine Frau mit schulterlangen braunen Haaren und einem ernsten Gesicht. Mehr kann ich über die Gestalt, die ich sehe, nicht sagen. Es ist mir lieber, wenn mein Mann mich beschreibt, er findet die richtigen Worte.

Es ist noch nicht lange her, da führten wir ein aufregendes Leben. Vielleicht nicht von außen betrachtet, aber in unserer eigenen Welt, die wir bewohnten, waren wir ganz voneinander erfüllt. Ich bin jeden Tag anders. Je nach dem, wie er mich anschaut, verwandele ich mich. Mal bin ich ausgelassen, überschwenglich, mal still und nachdenklich, mal voller Einfälle, mal ganz die hingebungsvolle Zuhörerin. Wenn er es will, kann ich zärtlich sein, aber auch heftig bis hin zur Mutwilligkeit. Mein Mann, kann ich voller Stolz sagen, erfindet mich jeden Tag neu. Unter seinen Blicken nehme ich Gestalt an.

Aber ich tue Dinge, die ich im nächsten Moment vergesse. Erst liege ich neben ihm im Bett, und ohne Übergang sitzen wir am Frühstückstisch, frisch geduscht, strahlend, festlich gekleidet, als ob Sonntag wäre. Ist es Sonntag? Ich weiß es nicht, ich habe keine Ahnung vom Wochentag. Ich erinnere mich auch nicht, im Bad gewesen zu sein, und ich schaue an mir hinab, weil ich nichts davon weiß, wie ich mich heute angezogen habe. Das grüne Kleid mit dem Ausschnitt. Ich bin beruhigt.

Mein Mann lächelt. Er sieht mich, also gibt es mich. Er streicht mir übers Haar, und das Haar wird Wirklichkeit. Er blickt mir in die Augen, und meine Augen erwachen und erwidern seinen Blick. Er berührt meine Lippen, und im selben Moment kann ich meine Lippen spüren. Indem er mich wahrnimmt, werde ich mir selbst bewußt.

Ich weiß die Blicke der anderen nicht zu deuten, die sie meinem Mann zuwerfen, wenn er darauf besteht, daß im Kino, im Theater oder im Restaurant der Platz neben ihm für mich frei bleibt. Manchmal entspinnt sich ein erboster Wortwechsel, bei dem ich stummer Zuschauer bleibe, während mich die anderen Besucher oder Gäste wie Luft behandeln. Bin ich im Weg, soll ich verschwinden? Dabei wäre doch ich das einzige stichhaltige Argument gewesen, tausendmal überzeugender als die gestammelten Ausflüchte meines Mannes, mit denen er sich gegen die schlimmen Bezichtungen wehrt. Warum verweist er nicht einfach auf mich; das würde alles erklären und jeden Streit um einen reservierten Platz sofort beenden.

Die Mißachtung durch die anderen stört mich nicht. Reicht es denn nicht, von einem einzigen Menschen wahrgenommen und geliebt zu werden, um sich vollständig zu fühlen? Es ist eine Sache auf Gegenseitigkeit: Ebensowenig wie ich *ihnen,* bedeuten die anderen *mir* nichts; ich erlebe sie wie unter einer Glasglocke, sie sind für mich nicht mehr als flüchtige Schatten, die mir fremd bleiben.

Was mich traurig macht ist die Tatsache, daß es nirgendwo ein Foto von mir gibt. Denn wäre es nicht natürlich, daß man von dem Menschen, den man liebt, Aufnahmen hat, in einem Erinnerungsalbum, in dem man hin und wieder gemeinsam blättert, um sich gemeinsam die schönen Zeiten ins Gedächtnis zu rufen? Aber ich habe gar keine Erinnerungen. Ich erinnere mich nicht an meine Kindheit, nicht an mein Leben, bevor ich ihm begegnete, ja, nicht einmal daran, wie wir uns kennenlernten. Mich gibt es nur in der Gegenwart. Seiner Gegenwart.

Mein Mann versucht vor mir zu verheimlichen, daß er tablettensüchtig ist. Doch mir entgeht nichts. Als ich neulich in die Küche komme, überrasche ich ihn mit einem Dragee auf seiner flachen Hand. Das Dragee sieht so harmlos aus wie eine mit Lasur überzuckerte Schokolinse, aber davon lasse ich mich nicht täuschen. Das Glas Wasser steht schon bereit, mein Mann ergreift es, doch als er die Hand mit dem Dragee hebt, zögert er. Unsere Blicke haben sich getroffen, und ein unerklärlicher Schrecken durchfährt mich wie ein glühender Blitz. Mit einem Ruck läßt mein Mann das Medikament im Mund verschwinden, spült es hastig herunter. Er weicht meinem Blick aus. Eine halbe Stunde später setzt die Wirkung ein. Ich spüre, wie sich die Stimmung meines Mannes, die von Erinnerungen überschattet wird, allmählich aufhellt. Er wendet sich von mir ab, auch innerlich, so wird mir klar, entfernt er sich von mir. Meine Knie geben nach, und ich muß mich hinlegen.

Ich kann mit ihm nicht über meine Sorgen sprechen. Er meint, ich wäre überspannt, redete mir das alles nur ein. Das wären nur wieder diese Hirngespinste von mir. Vielleicht hat er ja recht. Vielleicht sollte ich ihm einfach vertrauen, so wie früher. Aber wie kann ich ihm vertrauen, wenn er diese heimlichen Telefonate führt und sich davonmacht, ohne glaubwürdige Erklärung zu seinem Ziel.

Wenn er geht, bin ich wie ausgeknipst. Erst wenn er zurückkehrt und den Raum betritt, komme ich wieder zu mir und finde mich aufwachend auf der Couch wieder, zusammengesunken am Küchentisch oder neben dem Fenster an die Wand gelehnt. Diesmal wird es anders sein. Diesmal werde ich ihm folgen.

Schweigend beobachte ich seine Vorbereitungen zum Aufbruch. Er schlüpft in den Mantel, steckt Brieftasche und Schlüssel ein, verläßt das Haus grußlos, ohne einen Blick zurück. Die Tür fällt hinter ihm zu. Schon merke ich, wie sich mein Denken ausblendet, schwach wird wie ein Sender, dessen Empfang gestört wird. Schwankend erhebe ich mich und hefte mich an seine Fersen.

Ein Strudel von Gedanken erreicht mich über die Entfernung. Ich achte darauf, den Abstand nicht zu groß werden zu lassen, um die Verbindung nicht zu verlieren. In dem Durcheinander an Dingen, die ihm durch den Kopf gehen, gibt es auch Gedanken, die sich um mich drehen, und das wiederum gibt mir die Kraft, den nächsten Schritt zu tun. Behutsam einen Fuß vor den anderen setzend, balanciere ich wie eine Seiltänzerin über die dünne Spur, die seine Gedanken durch die Stadt ziehen. Daß es sich um düstere, beängstigende Bilder handelt, versuche ich zu ignorieren. Hauptsache, ich stehe vor seinem inneren Auge, allein das hilft mir, den Weg fortzusetzen.

Endlich erreichen wir das Ziel, ein unscheinbares Haus im Randbezirk der Stadt. Mein Mann nimmt die drei Stufen zum Eingang, drückt die Klingel und wird Augenblicke später eingelassen. Ich eile an die Tür, die sich hinter ihm geschlossen hat, und spähe auf das Messingschild an der Seite. Ich lese einen weiblichen Vornamen, der Familienname sagt mir nichts. Davor ein Doktortitel. Zuerst spüre ich grenzenlose Erleichterung: Er geht zu einer Frau, ja, aber es ist eine Ärztin. Also ist er doch *krank!* Aber warum verheimlicht er es mir? Die Antwort entnehme ich der Berufsbezeichnung, und wieder wird mir angst und bange. »Neurologin, Psychiaterin« heißt es da. Sofort wird mir klar, worum es in Wirklichkeit geht. Bilder von Weißbekittelten, von vergitterten Fenstern, Zwangsjacken und Gummizellen tauchen vor meinem inneren Auge auf. »Das redest du dir alles nur ein!« höre ich noch seine Stimme, wenn ich versuche, über mein Gefühl der Fremdheit zu sprechen. Vielleicht hatte er ja recht, und mit mir stimmt wirklich etwas nicht. Hier geht es um *mich,* und hier werden die nächsten Schritte eingeleitet. Er hat mich aufgegeben, will mich einweisen lassen, deshalb auch sein Gerede von Hirngespinsten, Verfolgungswahn, Einbildungen. Am Ende war es also doch wahr – er will mich loswerden! Ich wage es nicht, die Praxis zu betreten, statt dessen umrunde ich das Haus, bis ich aus einem offenen Fenster zwei Stimmen höre, eine Frauenstimme und die meines Mannes.

»Ich habe sie nicht genug geliebt«, sagt er gerade. »Hätte ich nicht nur an mich gedacht und mich mehr um sie gekümmert, wäre das nicht passiert.«

»Den Selbstmord hätten Sie nicht verhindern können, sie war krank. Ernsthaft krank.«

Ich hocke mit dem Rücken zur Wand am Boden, über mir das geöffnete Fenster. Gedämpft dringt die Stimme durch die leicht bewegten Vorhänge nach draußen, unnachgiebig redet die Frau auf meinen Mann ein. Ich höre die Worte, aber ich kann ihren Sinn nicht mehr erfassen.

»Sie müssen loslassen!«

»Ich weiß.«

»Es war nicht Ihre Schuld!«

»Ich weiß.«

»Sie müssen das Leben neu lernen!«

»Ich weiß.«

Stille. Nur im Baum gegenüber trillert ein Vogel, hüpft von Ast zu Ast, als suchte er etwas, findet es nicht. Dann spricht mein Mann weiter, sehr leise. Seine Stimme durchbricht nicht die Stille, sie ist Teil davon geworden, als er kaum hörbar sagt: »Ich weiß, aber ich kann nicht. Ich weiß, aber ich will nicht. Ich weiß, aber ich darf nicht.«

»Warum dürfen Sie nicht?«

»Weil ich sie dann endgültig verliere. Das würde mich umbringen.«

»Sie haben Angst.«

»Ja.«

»Ich will Ihnen helfen. Sie müssen sich aus dem Teufelskreis aus Selbstvorwürfen, Rückzug und Lebensverleugnung befreien. Aber dazu müssen Sie mitarbeiten. Sie müssen sich helfen lassen.«

»Einverstanden.«

Ich höre das schwache Geräusch eines Stiftes, der über Papier kratzt.

»Ich schreibe Ihnen ein stärkeres Medikament auf«, sagt die Psychiaterin mit geschäftsmäßiger Stimme. Einer Stimme, die kein Mitleid kennt. »Ein zuverlässiges Mittel, es sollte auch Ihnen helfen.«

Das Gespräch ist beendet. Mein Mann verabschiedet sich. Er tritt er aus dem Haus, wendet sich ab und geht die Straße hinunter. Ich springe auf. Mein Körper ist ganz durchsichtig geworden, und als ich den Bürgersteig entlanglaufe, habe ich das Gefühl, wie ein fadenscheiniger Stoffetzen im Wind bewegt zu werden. Das haben *sie* mir angetan, er und diese Hexe von einer Seelenklempnerin!

Auf einer Brücke hole ich meinen Mann ein. Er dreht sich um, seine Augen weiten sich vor Überraschung, seine Hand sucht Halt am Brückengeländer, dann hat er sich wieder gefangen. Unter uns rauscht der Fluß.

Er schaut mir fest in die Augen, kaum daß sein Blick flackert, und sagt: »Verschwinde aus meinem Leben, du bist nicht echt.« Es klingt wie eine Beschwörungsformel, mit der man Geister vertreibt. »Du bist nur eine Erfindung. Verschwinde!« Seine Entschlossenheit erschreckt mich, seine Stimme zittert nur ein kleines bißchen. Aber auch ich bin plötzlich fest entschlossen. Im sauren Klima meiner Wut gerinnt Imagination zur Realität. Ich trete aus mir selbst heraus, von der Leinwand seiner Einbildungskraft hinab in den substanzerfüllten Zustand aus Haut und Knochen, einem klopfenden Herzen und Blut. Blut, das in Wallung gerät. Und Hände, die sich heben und um seine Kehle legen!

Meine Hände um seinen Hals beseitigen jeden Zweifel, sie fühlen sich so echt an. Ich drücke zu. Noch nie in meinem Leben habe ich mich so wirklich gefühlt wie jetzt! Das ist der

Beweis: Ich lebe. Der Druck, mit dem meine Finger seinen Atem abpressen, läßt mich innerlich jubeln: *Ja, du lebst!* Die Augen meines Mannes treten hervor, sein starrer Blick bettelt um Gnade, aber ich kenne keine Gnade, ich will Rache! Seine Angst und Verzweiflung verleihen mir zusätzliche Stärke, sie beflügeln mich. Er lehnt sich weit zurück, hängt halb über dem Geländer der Brücke, aber meinem Griff kann er sich nicht entwinden.

Plötzlich geht alles sehr schnell. Ein heftiges Handgemenge, ein Gerangel, seine Füße stoßen in die Luft, und ohne daß ich weiß, wie es geschieht, stürzt er von der Brücke in die Tiefe.

Ich höre seinen Körper auf dem Wasser aufschlagen, und als ich mich hinunterbeuge, ist er schon untergetaucht und wird von der Strömung fortgerissen. Ich eile auf die andere Seite der Brücke und starre auf die Wellen. Mit dem Gesicht nach unten treibt er rasch weiter. Während er langsam ertrinkt, spüre ich, wie eisiges Wasser auch *meine* Lungen füllt. Ich versinke immer tiefer in einem Element, das ich nicht mehr erkenne, ich bin blind und taub, mein Atem stockt, meine fühllosen Hände greifen ohne Ziel ins Leere, tasten in einer Unterwasser-Pantomime umher, als wollten sie die Blindenschrift sterbender Gedanken erfassen.

Ich werde ausgelöscht, und es gibt nicht eine Menschenseele, die davon Notiz nähme.

Andreas Fieberg

Zirkelschluß

Als Gregor nachts in einem fremden Zimmer erwachte, wußte er nicht, in welcher Stadt er sich befand. Auch ein Blick aus dem Fenster auf die spärlich beleuchtete Straße, drei oder vier Stockwerke unter ihm, gab keinen Aufschluß. Ein einzelner Passant stand am Straßenrand und wartete darauf, daß die Ampel den Weg hinüber freigab. Die sinnlose Geduld des Ausharrenden, der es nicht wagte, die unbelebte Straße zu überqueren, legte eine bleierne Müdigkeit über Gregors Körper und trieb ihn zurück ins Bett. Er rollte sich unter der Decke zusammen, in sich selbst gekrümmt wie ein Embryo. Kurz vor Morgengrauen tauchte er für Momente aus dem Schlaf auf und fragte sich benommen, ob der Mann wohl immer noch an der Ampel wartete, im Einklang mit den Verkehrsregeln. Dann döste Gregor wieder weg.

Erleichtert stellte er am nächsten Morgen fest, daß der Mann nicht mehr da war. Die Kreuzung brütete in der Sonne. Der Strom der Autos zog über sie hinweg, gleißende Lichtreflexe aussendend, und Passanten gingen ihrer Wege, mit einer Trägheit, hinter der sich die Ungeduld, ihren schattigen Bestimmungsort zu erreichen, verbarg.

In der Nacht war der Mann wieder da. Wie ein Wachsoldat auf einem verlorenen Außenposten stand er auf derselben Stelle an der Straßenecke, und das rote Licht schien sich in seinen Augen zu spiegeln, obwohl Gregor das auf seinem hohen Beobachtungsposten hinter der Jalousie schwerlich erkennen konnte. Der Anblick zehrte an seinen Nerven, und er fand keinen Schlaf mehr. Statt dessen beobachtete er die unbewegliche nächtliche Gestalt mit wachsender Unruhe. Nie sah er den Mann an den Straßenrand treten, immer war er schon da, wenn Gregor hinausschaute. Und so sah er ihn auch nicht verschwinden; die Stadt hatte ihn unbemerkt verschluckt. Der Anblick der leeren Kreuzung jagte Gregor einen noch größeren Schrecken ein. Es mußte während eines Lidschlags geschehen sein, als sich die Ampel endlich erbarmt hatte und die Passage erlaubte. Wenn Gregor sich beeilte, konnte er den Mann vielleicht noch die Straße entlanggehen sehen und die Spur aufnehmen. Er stürzte die Treppen hinunter. Kühles Mondlicht mit dem sauberen, metallischen Geruch von Schnee empfing ihn. Er schaute in alle vier Richtungen, doch die Straßen, die die Kreuzung krakenartig durch die Stadt streckte, lagen da wie ausgestorben.

Plötzlich bemerkte Gregor, daß er genau an der Stelle stand, an der der rätselhafte Fremde wochenlang ausgeharrt hatte. Nichts an der Umgebung gab ihm einen Hinweis auf die nicht allzu lang zurückliegende Anwesenheit des Mannes – kein glühender Zigarettenstummel, kein zerkauter Kaugummi, keine fallengelassene Theaterkarte. Gregor hob den suchenden Blick von der Straße und richtete ihn auf das Haus gegenüber. Er wollte das Fenster ausfindig machen, hinter dem sich sein Zimmer befand. Er erkannte es schließlich an der heruntergelassenen Jalousie, deren Lamellen jetzt verstohlen auseinandergeschoben wurden, um einem unsichtbaren Augenpaar freie Sicht zu gewähren. Der Blick, der ihn traf, fuhr wie ein lähmendes Gift in seinen Körper. Er konnte nichts weiter tun als reglos dazustehen und auf die rote Ampel zu starren. Er verkroch sich in sein Innerstes und konnte sich doch nicht verbergen.

»Gib mich frei!« flehte er unhörbar.

»Laß mich gehen!« bettelte er.

Seine Seele war auf ein bloßes Wimmern zusammengeschrumpft, viel zu leise für die Gestalt dort oben, die ihn mit ihrem Blick gnadenlos aufspießte wie ein präpariertes Insekt.

Andreas Fieberg

Pfeiffkonzert

Unser Neffe sollte das erste Mal mit dem Symphonie-
orchester auftreten, und so warfen meine Frau und ich
uns eines Abends in Schale, um dem Konzert beizuwohnen.

»Hatte er nicht irgendwann einen Hörsturz?«, fragte ich,
während ich mir vor dem Spiegel die Krawatte band. »Wie
konnte er da weiter Musik studieren?«

»Hat sich gut davon erholt«, meinte meine Frau, die gerade
dabei war, den Sitz ihrer Frisur zu überprüfen. »Er deutete
auch an, daß es gerade die Arbeit in dem Orchester war, die
bei der Genesung geholfen hat.« Sie zog die Lippen zurück
und fuhr sich mit der Zungenspitze über die Zähne.

Ich hätte unseren Neffen gerne nach den Besonderheiten
der Musiktherapie befragt, plagte mich doch selbst ein hart-
näckiges Ohrensausen, aber wir fanden keine Gelegenheit
mehr, ihn noch vor der Aufführung zu sprechen. Es sollte
nicht lange dauern, bis wir auch so herausfanden, was dahinter-
steckte. Es war – zugegeben – eine Überraschung, wenn nicht
gar ein gelinder Schock.

Das erste, was mir auffiel, war, daß die Musiker keine Instrumente dabei hatten. Sie erschienen in kleinen Gruppen,
allesamt mit leeren Händen, und nahmen ihre Plätze ein, unter ihnen auch unser Neffe. Die Besucher klatschten zögernd.

»Was ist das für ein Konzert?«, tuschelte ich meiner Frau
zwischen dem dünnen Applaus zu. Statt einer Antwort zog
sie das Programmheft zurate. Ihr Cocktailkleid raschelte wie
eine teure Verpackung, als sie sich vorbeugte, um das Blatt zu
studieren. Ich neigte den Kopf, um auch einen Blick zu erha-

schen. Der Kragen meines Hemdes scheuerte am Hals, ich fühlte mich unwohl in dem Anzug, den ich nur alle Jubeljahre aus dem Schrank holte. Die Gelegenheiten waren Hochzeiten und Beerdigungen. Oder eben dieser Konzertbesuch, zu dem uns Familienbande genötigt hatten.

Meine Frau las mit gesenkter Stimme aus dem Heft vor: »Sinfonie in c-Moll von Rüdiger Pfeiff, op. 8.« Das sagte uns nichts. Und statt Licht ins Dunkel zu bringen, verwirrte uns die folgende Erklärung nur noch mehr: »Pfeiff arbeitete lange Jahre als Ohrenarzt, bevor er selbst ertaubte und mit der Komposition von Konzertstücken begann.« Das klang beunruhigend.

Vorne auf der Bühne entstand Bewegung.

Der Musiker, der an der Stelle Platz genommen hatte, wo für gewöhnlich die Oboe saß, hatte damit begonnen, seine Ohren rhythmisch zu bearbeiten, sie mit kleinen, kreisenden Gesten zu massieren. Die Geigen nahmen die Bewegung auf, woraufhin die Bläser in die Pantomime einstimmten.

Das Programmheft erläuterte, was vor sich ging: »Vor der Aufführung reguliert jeder Musiker seinen Kreislauf, manipuliert den Blutdruck, um das Organ auf seinen Part einzustimmen.« Wir konnten es sehen! Manche Musiker kniffen während dieser Übung die Augen zusammen, andere stierten mit zusammengepreßten Lippen vor sich hin, auf etwas lauschend, das nur sie hören konnten. Die Fagottisten hyperventilierten, während unser Neffe, der Kontrabassist, die Luft anhielt, bis er rot anlief. Die Kiefer der Blechbläser mahlten, ihre Backenmuskeln traten wulstig hervor. Der Tubist stand vermutlich kurz vor einem Schlaganfall, seine Gesichtsfarbe jedenfalls ließ Schlimmes befürchten. Die Blässe der Dame an dem nicht vorhandenen Cello kündete von einer nahenden Ohnmacht, aber auch davon, daß sie den Kammerton getroffen haben mußte.

Als alles bereitet war, trat der Maestro auf die Bühne, machte eine knappe Verbeugung vor dem Publikum und wandte sich seinem Orchester zu. Er verschaffte sich, mit dem Takt-stock am Pult klopfend, Gehör. Hüsteln und Füßescharren im Publikum verstummten. Der Dirigent hob das Stöckchen zum Auftakt.

Es begann mit einer Reihe von kaum wahrnehmbaren Tö-nen, bei denen allenfalls Hunde und Katzen die Ohren ge-spitzt hätten. Auch ich konnte sie nicht hören, vielmehr spür-te ich sie. Als sachte Beunruhigung, als eine ungreifbare Ver-wirbelung der Luft, spürbar nur im Vibrieren zarten Körper-knorpels. In meinen Ohren baute sich ein Druck auf, als säße ich in einem langsam aufsteigenden Linienjet. Die Spannung meines Trommelfells löste sich in einer Resonanz, und mein eigener Tinnitus erwachte. Er wurde augenblicklich ausge-löscht von einem pfeifenden Ton, der die Skala emporglitt. Wie eine elektronische Welle rollte er vom Orchester aus über die Zuschauer. Der Ton geriet in Schwingungen, fing an zu schweben. Es klang wie das Vibrieren eines Glases, über des-sen Rand ein feuchter Finger kreist.

Das Publikum war wie versteinert, nach einer Schreck-sekunde regte sich verwundertes Gemurmel, vereinzelte Buh-rufe wurden laut. Zuhörer drehten sich um und versuchten die anderen mit einem Zischen zum Schweigen zu bringen, einige erhoben sich und verließen den Saal. Wir gehörten selbstverständlich zu denen, die ausharrten.

Das Orchester ließ sich nicht beirren, kämpfte sich tapfer weiter, energisch angetrieben von dem Dirigenten, der Schweißperlen von der Spitze seines Taktstocks über die Spieler schleuderte. Ein Quietschen und Kreischen wie von Dutzenden bremsender Autoreifen erhob sich, schwoll an, als würde es auf eine fürchterliche Kollision an einer großen Kreuzung zuschlittern. Der Zusammenstoß blieb aus. Statt dessen: Stille. Vom Grunde dieser Stille stiegen Sinustöne empor, die sich überlagerten, Schicht um Schicht, die unter dem Schalldruck miteinander verschmolzen, zum Amalgam einer Melodie wurden, gespielt wie von echten Instrumenten.

Ich hörte den Klang von Streichern und Bläsern, das Klimpern eines Klaviers, den perlenden Lauf von Harfentönen. Aus dem Pfeifen schälten sich Glockenklänge wie die bronzenen Stimmen von Engeln. Ein Säuseln strich durch den Gehörgang: die erste Geige. Eustachi-Röhren tönten, schmetterten, schallten wie Trompeten. Das Xylophon trippelte über Gehörknöchelchen die Tonleiter hinauf. Die Klarinette näselte, der Kontrabaß räusperte sich, die Bratschen bekamen Schluckauf. In einem Drehschwindel wirbelten die Töne umher.

Das Programmheft versorgte uns mit aufschlußreichen Einzelheiten: »Ihr *Diplakusis harmonica* erlaubt es der Flötistin, sich selbst in der zweiten Stimme zu begleiten, während dasselbe Phänomen beim Paukisten *binaurale Beats* erzeugt, die streng wie ein Metronom das Tempo halten.«

Ich schloß die Augen und ließ mich durch die Sinfonie tragen, träumte mich fort. Mein eigener Tinnitus meldete sich zurück, stach wie eine Nadel in mein Trommelfell. Dieser spitze Dauerton, der mich nun schon seit Jahren begleitete wie eine fortwährende Verstimmung, dieses Signal eines Metalldetektors, der nichts fand als Leere. Dieser verhaßte Ton, zeitlebens ausgestattet mit einem eigenen Willen und bisher unbeherrschbar, änderte auf einmal die Richtung, kehrte sich nach außen, antwortete auf die Laute des Orchesters. Ich gab meinen inneren Widerstand auf, lockerte mich und folgte dem Ton, als dieser sich in die Musik einmischte. Wie ein Vogel, der über eine hügelige Landschaft gleitet, schwebte das Pfeifen aus meinen Gehörgängen als Harmonie über den Klängen von Streichern und Bläsern.

Ich erkannte das Leitmotiv, eine durchtriebene kleine Melodie, die über einer Handvoll Noten auf und ab hüpfte und deren Ende sofort ihren Anfang suggerierte. Sie wiederholte sich wie von einer rasenden Drehorgel gespielt und wanderte, in kleinen Variationen, durch das Orchester, wurde von den einzelnen Instrumenten aufgegriffen und weitergereicht, bis der Kontrabassist, unser Neffe, sie entgegennahm. Ein vollendeter Ton strich über uns hinweg wie ein lang gezogener Seufzer. Ich bemerkte eine stille Träne, die meiner Frau über die Wange rollte. Ich beugte mich zur Seite, um ihr mein Ohr zu leihen, neigte mich so weit zu ihr, daß ihr Haar mein Gesicht streifte. Ich bin ganz Ohr, dachte ich. Ob sie mich hörte? Sie lauschte unbeweglich, den Blick auf das Orchester geheftet.

Die Sinfonie eilte weiter, verließ behände das Zentrum und löste sich wieder in heitere Dissonanzen auf. Der Pianist griff mit geschlossenen Augen selbstvergessen ins Leere, ganz an die Läufe hingegeben, die er für uns hörbar machte. Der Satz hatte die Diatonik hinter sich gelassen, wechselte ins Chromatische und diffundierte in eine atonale Kadenz. Wie vom Programmheft angekündigt, setzte »Rüdiger Pfeiffs berühmter As-Dur-Sextakkord, sehr schrill, in den höchsten Registern einer Piccoloflöte«, den Schlußpunkt hinter dieses grandiose Konzert.

Das Publikum verharrte in Ehrfurcht. Mir ging die abgegriffene Redewendung »wie vom Donner gerührt« durch den Sinn, aber hier paßte es. Dann kamen wir wieder zu Atem, und die Begeisterung brach sich Bahn in tosendem Applaus. Es riß uns von den Sitzen, stehend bekundete das Auditorium seine Verehrung. Dreimal verließen die Musiker die Bühne, dreimal wurden sie vom Klatschen wieder zurückgerufen.

Als wir gingen, bekamen wir noch mit, wie die Musiker ihre »Instrumente« reinigten: Sie stocherten mit Wattestäbchen in ihren Ohren, legten den Kopf auf die Seite und tätschelten ihren Schädel wie nach dem Besuch in einem Schwimmbad, manche hielten sich auch die Nase zu und blähten die Backen wie nach einer steilen Auffahrt ins Gebirge, um den Innendruck auszugleichen.

In der Garderobe überbrachten wir unserem Neffen unsere Glückwünsche.

»Ich kann mir vorstellen, daß ich, wenn ich mir das nächste Mal eine Muschel ans Ohr halte, eine geheime Sinfonie durch

das Rauschen höre«, scherzte ich. Das entlockte ihm ein Lächeln.
»Rüdiger Pfeiff hat uns etwas Wichtiges mitzuteilen«, sagte er salbungsvoll. »Es geht um ein Ungemach, das überwunden werden soll, und um eine Plage, von der uns die Medizin nicht befreien kann, sondern einzig und allein die Musik. Indem Pfeiff das Atonale in eine Melodie verwandelte, besiegte er sein eigenes Leiden.«
Das hörte sich recht pathetisch an, doch mein Neffe ließ keinen Einspruch gelten. »Selbst für mich klang es zuerst wie ein hirnrissiger Witz – eine *Tinnitussinfonie?* –, aber dahinter steckt eine raffinierte Kur. Mir jedenfalls hat sie geholfen.«
Dem konnte ich nichts mehr hinzufügen.

»Das war ein schöner Abend«, sagte meine Frau, während sie sich vor dem Schlafzimmerspiegel abschminkte. »Selbst ich, mit meinem einwandfreien Gehör, konnte ihn genießen.«
Vielleicht besser als wir alle, dachte ich. Ich hängte meinen Anzug in den Kleiderschrank. Als ich aus dem Bad zurückkehrte und unter die Decke schlüpfte, sagte ich: »Schon erstaunlich, wie man ein Gebrechen in Kunst verwandeln kann.«
»Hm«, machte meine Frau. Sie löschte das Licht. »Laß uns schlafen.«
Doch ich war noch zu aufgekratzt. »Das Thema ist ein richtiger Ohrwurm gewesen!«, begeisterte ich mich. Ich versuchte, mir die Melodie zu vergegenwärtigen.
»Trotzdem wäre es nett, wenn du jetzt aufhören würdest zu pfeifen«, erwiderte meine Frau. »Ich muß morgen früh raus.«
Ich tat ihr den Gefallen und steckte mir die Stöpsel in die Ohren. Augenblicklich versank die Welt der Geräusche um mich herum wie unter Wasser. Einen Gedanken aber mußte ich noch loswerden: »Meinst du nicht auch, daß ich versuchen sollte, meinen Tinnitus zum Beruf zu machen? Musiker werden, Stücke aufführen?«

»Vergiß es«, sagte meine Frau *sotto voce* und drehte sich auf die andere Seite. Ihre Stimme klang dumpf, als sie sagte: »Daraus wird nichts. Dein Pfeifen kenne ich, und glaub mir, du triffst einfach nicht den Ton. Du hast nichts als ein banales Ohrensausen.«

Ich dachte darüber nach. Wahrscheinlich hatte sie recht, für das Tinnitusorchester war ich ungeeignet.

»Gute Nacht«, sagte ich, aber da war sie schon eingeschlafen.

Andreas Fieberg

Eine Million Affen

D as Hämmern von einer Million mechanischer Schreibmaschinen, bedient von einer Million tippender Affen,
prasselte mit dem Getöse einer Geröllawine auf das Großraumbüro nieder. Es brandete unregelmäßig auf, wurde lauter,
verlor an Intensität, um sich alsbald erneut zu steigern. Das
Großraumbüro war eine Halle unbekannten Ausmaßes, deren
Wände jenseits der Grenze des Sichtbaren verschwanden.
Egal, wohin man den Blick wandte, das Labyrinth der Kubi-
kel erstreckte sich bis zum Horizont.
An seinem Schreibtisch hockend, vernahm Noam einen
Laut in unmittelbarer Nähe. Der Laut drang aus dem Nachbarkubikel zu ihm, war unverkennbar und ließ ihn in seiner
Beschäftigung innehalten. Was er hörte, war ein kräftiger
Wasserstrahl, der gegen die andere Seite der Trennwand pladd-
derte.
Ein rote Leuchte an der Decke blinkte. Schon kam einer
der Versuchsleiter im weißen Kittel den Gang entlangge-
schossen.
»Noam, sind *Sie* das!«
Noam schüttelte stumm den Kopf und wies mit dem Daumen über die Schulter. Der Versuchsleiter blieb vor dem Eingang von Kollege Gorillas Büro stehen. Noam hatte seinen
Platz verlassen und linste an den Hosenbeinen des Mannes
vorbei. Der kleine quadratische Raum bot einen wüsten Anblick. Zahllose Papiere waren über den Boden verstreut, und
ein riesiger feuchter Fleck zierte eine der Preßspanwände,
während die Pfütze darunter noch dampfte und ihren ste-

chenden Ammoniakgeruch verströmte. Ein Putztrupp rückte an und machte sich daran, das Malheur zu beseitigen. Kollege Gorilla ließ die Standpauke des Versuchsleiters mit zusammengezogenen Augenbrauen über sich ergehen.

Eine Weile, nachdem der Weißkittel gegangen war, ertönte ein zögerndes Tippen. Kollege Gorilla hatte die Arbeit an der Schreibmaschine wieder aufgenommen. Er verfolgte seine Aufgabe mit blindwütiger Sturheit. Vor kurzem hatte er, wie Noam wußte, die Ziffernreihe für sich entdeckt, und als wäre es die Offenbarung des Jahrhunderts, produzierte er endlose, kaum variierte Folgen von 123456789, die gelegentlich von einem eingestreuten Sonderzeichen !"§$%&/()=? garniert wurden, wenn sein Handballen die Hochstelltaste berührt hatte. Es würde wohl Äonen dauern, bis sich der Flachschädel wieder dem Buchstabenfeld zuwandte und versuchte, etwas halbwegs Vernünftiges zu produzieren. Aber wir haben ja Zeit, Herr Kollege, dachte Noam grimmig, genau genommen die ganze Ewigkeit!

Kurz darauf verstummte das Geräusch wieder, und ein deftiger Fluch schallte aus dem Nachbarkubikel. Noam mußte kichern. Hat mal wieder die Typenhebel verklemmt, dachte er schadenfroh. Dabei war die massive Mechanik der museumsreifen Schreibmaschinen ideal für ihre groben Affenhände, trotzdem kam nicht jeder damit zurecht.

Noam starrte auf die Tastatur vor sich, verzaubert von der Magie, die sich in ihr versteckte. 26 Buchstaben hatte das Alphabet der Zweibeiner, hinzu kamen eine Handvoll Umlaute, das SZ, Ziffern und Satzzeichen. Und das reichte aus, um alle Werke der Menschheitsgeschichte zu Papier zu bringen!

Noam setzte die schwieligen Fingerkuppen auf den Tasten in Position, der linke Zeigefinger ruhte auf dem F, der rechte auf dem J, dazwischen die Lücke aus G und H, so wie er es gelernt hatte. Es folgten einige Augenblicke andächtiger Ruhe, in denen er sich sammelte, und dann legte er los. Seine Finger flitzten über die Tasten, huschten hierhin, huschten dorthin, grätschten in Ausfallschritte, mal nach unten, mal nach oben, im lockeren Wechsel, keinen Winkel auslassend, jedem Zeichen eine Chance gebend, seinen Beitrag zum Meisterwerk beizusteuern. Die Daumen zerhackten auf der Leertaste den Zeichenwust in Einheiten, um die Wörter voneinander zu trennen. »10-Finger-blind« nannte sich diese Fertigkeit, die er aus dem Rückenmark beherrschte.

Er konnte nicht ohne Stolz von sich sagen, schon eine ganze Weile Teil dieses gigantischen Projekts zu sein. Genau genommen waren es aber nicht *eine Million Affen*, die hier zu Werke gingen, sondern buchstäblich unendlich viele, denn so sah es die Versuchsanordnung des Experiments vor. »Eine Million!« war lediglich der barsche Bescheid auf Noams Frage an seinem ersten Tag gewesen, wie viele Kollegen denn mit ihm das Großraumbüro teilten, und diese Antwort hatte sich allgemein verbreitet.

Sicher hätte man das Projekt auf einen Supercomputer, einen elektronischen Rechenknecht verlegen können, aber es währte inzwischen schon zu lange, als daß man das fragile Gebilde aus Stochastik und Wahrscheinlichkeit durch eine noch so unbedeutende Unterbrechung gefährden wollte, näherte es sich doch dem erhofften finalen Zustand an.

Allabendlich füllten sich die Gänge mit Heerscharen von Weißkitteln, die von Kubikel zu Kubikel zogen und die Papierstapel auf Aktenwägelchen packten und fortschafften.

Die Übergabe eines Tagespensums war ein Ritual, das mit bedeutungsvollem Ernst zelebriert wurde. Schwielige Affenhände jedweder Couleur – ob von Schimpansen, Gorillas, Orang Utans, Pavianen, Gibbons, Berberaffen oder Lemuren – reichten die Ernte an die glatten, weichen Hände der Wissenschaftler mit den manikürten Fingernägeln weiter. Das Getippse wanderte zur Auswertung in eine andere Abteilung.

Von den Ergebnissen drang lange nichts nach außen, bis Noam eines Tages einen Blick hinter die Kulissen der Unternehmung werfen konnte. Auslöser war ein harmloser Streich, mit dem er etwas Abwechslung in die geisttötende Arbeit hatte bringen wollen. Aus einer Laune heraus, die er sich selbst nicht erklären konnte, hatte er das Wort ROSEBUD in dem Buchstabensalat auf einer der Seiten untergebracht. Als das bei der Auswertung entdeckt wurde, war die Aufregung unter den Weißkitteln groß. Eine Gruppe dieser nach Rasierwasser und Deodorant duftenden, haarlosen Primaten versammelte sich im Gang vor seinem Kubikel und diskutierte mit gedämpfter Stimme die Bedeutung des Phänomens. So erfuhr Noam, daß die Wahrscheinlichkeit, daß ein stupider Bonobo wie er per Zufall die Buchstabenfolge R-O-S-E-B-U-D produzierte, eins zu acht Milliarden gewesen war, unter der Voraussetzung, verstand sich, daß man nur die Buchstaben des Alphabets und keine anderen Zeichen in die Berechnung einbezog. Ins Unendliche ausgedehnt, bedeutete dies, daß eine Buchstabenfolge von ausreichender Länge irgendwann per Zufall jedes beliebige Werk, das je von einem Menschen geschaffen worden war, abbilden müßte. Einzige Voraussetzung war, daß man das Experiment lange genug betrieb, genauer gesagt: unendlich lange.

Die Versuchsleiter glaubten wohl, daß – statistisch gesehen – solch ein Ereignis kurz bevorstand. Die Blicke, mit denen ihn die Weißkittel bedachten, adelten Noam. Seither war klar, auf seinen Schultern ruhte der Erfolg des Projekts! Man erwartete nichts Geringeres als wie die Stücke Shakespeares auftauchen zu sehen. Alsdann! Noam schloß die Augen und fletschte die Zähne zu einem entschlossenen Grinsen. Beherzt griff er in die Tasten und folgte seiner Bestimmung.

Samantha, eine Meerkatze, deren Fell so samtig war wie ihr Name, unterbrach ihn, indem sie sich auf seinem Schreibtisch niederließ, während sich ihr Schwänzchen um einen Regalpfosten ringelte.

»Immer noch bei der Arbeit«, flötete sie. »Machen Sie mal Pause!« Sie legte den Kopf schief und spitzte das Schnütchen. »Begleiten Sie mich doch in die Kantine!«

Noam schaute zur Uhr. Ohne daß er es bemerkt hatte, war der Tag bis zur Mittagszeit fortgeschritten, gegen eine Unterbrechung war also nichts einzuwenden. Würdevoll watschelte er hinter Samantha her, um aufrechte Haltung bemüht, während die Kollegin im Zickzack über den Flur tollte, sich zwischen den Bilderrahmen von den gegenüberliegenden Wänden abstoßend.

»Kommen Sie! Kommen Sie!« flötete sie. »Die Plätze am Fenster sind zuerst weg. – Es gibt Bananensalat!«

Samantha war eine überaus sympathische Kollegin, aber bei der Arbeit hatte sie kein Glück. Ihr größter Erfolg bisher war die Buchstabenfolge ICH SPR IN JUCK GANZ VERSTOLEN gewesen, aber dann verlor sich der halbwegs hoffnungsfrohe Ansatz in sinnlosem Kauderwelsch. Noam hatte sie ermuntert, nicht aufzugeben, aber der Zuspruch galt insgeheim ihm selbst, mehr als irgendeinem anderen. Prompt hatte Samantha, die in seine Vision eingeweiht war, mit den Augen geklimpert. »Das ist doch etwas für Sie«, wisperte sie feierlich. »Sie sind so klug. Sie hätten es verdient. Ehre, wem Ehre gebührt!«

Die Schmeichelei hatte Noam erröten lassen. Tatsächlich sah er das Zeilenfragment aus »Macbeth« als Vorbote dessen, was jetzt unweigerlich kommen mußte. Hier kündigte sich ein Durchbruch historischen Ausmaßes an. Und es konnte jeden von ihnen treffen, warum also nicht ihn? Gerade Noam, der dem Zufall den Weg bereitete und für ihn das Tor himmelweit öffnete, an jedem einzelnen der stumpfsinnigen Arbeitstage!

Diese Aussicht erwies sich als der letzte Grund, der ihn bewegte, morgens aus dem Bett zu steigen und sich in den endlosen Troß der Primaten einzureihen, die zur Arbeit schlurften.

In der Kantine herrschte hysterisches Gekreisch wie in einem brennenden Affenhaus. Sie fanden zwei Plätze an einem Tisch neben einer Säule. Noams beschwingte Zuversicht wurde nur von einer einzigen Sache gebremst, über die er mehr herausfinden mußte.

»Was können Sie mir über Cicero sagen?« fragte er beiläufig, kaum daß sie sich niedergelassen hatten. Samantha antwortete nicht sofort.

»Seine Uniform war bordeauxrot, und die Messingknöpfe glänzten, daß es einen blendete«, murmelte sie schließlich. Sie sah Noam nicht an. Cicero wurde als komischer Kauz geschildert: gekleidet in die Uniform eines Hotelpagen, und seinen Lebenslauf befleckte ein kurzer Aushilfsjob bei einem Drehorgelmann. Merkwürdige Ansichten hätte er geäußert und unverständliche Reden geschwungen. Über seinen Verbleib gab es nur Gerüchte, über die allenfalls hinter vorgehaltener Hand getuschelt wurde. Es fielen Begriffe wie »Zoo« oder »Tierversuchslabor«. Seinen Namen auszusprechen galt unter den Kollegen als tabu.

»Er war mein Vorgänger«, sagte Noam. »Ich habe sein Kubikel übernommen.«

Samantha nickte traurig. Noch immer konnte sie seinem Blick nicht standhalten. Noam seufzte. Was ihm von Cicero vor die Füße gefallen war, erschien ihm zu ungeheuerlich, das konnte er selbst Samantha nicht anvertrauen. Auf der Suche nach Papiernachschub hatte er einmal alle Schubladen in seinem Kubikel aus den Fächern gezogen und die Notizen seines Vorgängers entdeckt, die an eine der Rückseiten gepinnt waren. Neugierig hatte er die Heftzwecke gelöst und die Blätter entfaltet. In einer zierlichen, wie eine feine Radierung wirkenden Handschrift hatte Cicero seine Überlegungen festgehalten. »Alle sich selbst überlassenen Systeme streben unumkehrbar auf einen Zustand höchster Unordnung zu. In unserem Experiment würde bei einer zufälligen Abfolge der Buchstaben auf lange Sicht eine statistisch gleichmäßige Verteilung entstehen, Entropie ist immer das Ergebnis. Die erhoffte Information, die sich einstellen soll, also in diesem Fall ein Stück Weltliteratur, würde einen Verstoß gegen dieses

Prinzip darstellen. Es müßte etwas von außen in die Statistik getragen werden: *Geist*.«

Düster stocherte Noam in dem Bananensalat. Ihm war der Appetit vergangen.

Wieder an seinem Schreibtisch, wollte ihm die Arbeit nicht mehr so leicht von der Hand gehen. Seine Gedanken kehrten zurück zu Cicero und der Saat des Zweifels, die er in ihn gelegt hatte.

Man müsse unendlich viele Versionen mit dem Original vergleichen, Buchstabe um Buchstabe. Damit legte man etwas in das Experiment hinein, was im Zufall nicht enthalten wäre. So kontaminierte man das Experiment, ja, konterkarierte geradezu seine Idee. Es wäre genauso absurd wie die Erwartung eines Würflers, auch einmal die Sieben zu sehen, wenn er nur unendlich oft würfelte.

Das hatte sein Vorgänger, der Affe im Pagenrock, behauptet. Noam verstand nicht alles, was er damit sagen wollte, aber er verstand die Bedrohung für seine eigene Überzeugung. Das Experiment war in Gefahr! Diese Gefahr mußte beseitigt werden.

Er kramte Ciceros Notizen hervor, deren Kniffe vom vielen Entfalten schon ganz brüchig geworden waren, zerknüllte sie zu einem kleinen, festen Ball, den er sich in den Mund schob. Er speichelte kräftig ein und zerkaute das Papier. Es schmeckte bitter nach Verrat. Schließlich schluckte er hart.

Noch tagelang lag ihm der Papierklumpen bedeutungsschwer im Magen. Erst als er das nächste Mal auf dem Porzellanthron gesessen hatte, fühlte er sich erleichtert. Er hatte das Produkt seiner Verdauung in den Orkus gespült, und was auf dem Zettel geschrieben stand, verblaßte in seiner Erinnerung.

Sein ganzes Sinnen wurde wieder von der Idee hinter dem Experiment beherrscht. Noam ahnte, daß sich über ihm in der Gewitterwolke der Wahrscheinlichkeiten ein absoluter Wert sammelte, prall und voll wurde, sich rundete und bersten würde, bevor das Jahrtausend zu Ende ginge, um sich als magische Zeichenfolge über ihm zu entladen. Die Statistik log nicht, sie irrte nie, und Noam war sich sicher, daß es an ihm wäre, Shakespeares Werke zu Papier zu bringen. So vieles sprach dafür! Jeden Tag rechnete er sich vor, wie viele Buchstaben er und seine Kollegen seit Beginn des Experiments, an den sich niemand mehr erinnerte, getippt hatten, und vor seinem inneren Auge türmten sich die beschriebenen Blätterstapel weiter und weiter ins All hinaus, liefen gegen unendlich und rückten die Wahrscheinlichkeit näher und näher an die magische Zahl 1.

Noam malte sich aus, daß der imaginäre Zähler bei 0,9999 stand und *er* der Auserwählte sein würde, der dem statistischen Wert das Quentchen von 0,0001 würde hinzufügen dürfen, um die Königsdramen eines lange verstorbenen Engländers auf seiner Schreibmaschine auferstehen zu lassen. Zeit spielte bei der Versuchsanordnung keinerlei Rolle, und so war es gleich, wann es so weit war, wichtig war nur, daß es sich überhaupt ereignete. Noam spürte mit dem unbestechlichen Instinkt seines Affenherzens, daß dieser Moment gekommen war.

Tag für Tag hatte er blindlings sein Pensum heruntergetippt, den großen Bruder Zufall auf seiner Seite wissend. Und diesmal war etwas anders als sonst. Ohne Absicht hatte er ein sinnvolles Wort zu Papier gebracht. Er blinzelte, versuchte nicht hinzuschauen. Sein Atem ging flach und schnell. Das war es! Er spürte, er war im Flow, durfte die Magie des Augenblicks nicht zerstören. Während er wie ein Automat weiter die Tasten bediente, spaltete sich ein Teil seines Denkens ab und versuchte zu erkennen, um was es sich hier handelte. Aus dem gestaltlosen Buchstabenbrei schälte sich ein Name heraus. Sein Herz klopfte bis zum Hals. Das mußte einer der Protagonisten aus einem Theaterstück sein! Ging es um MACBETH, um RICHARD III. oder um HAMLET? Jetzt nur nichts falsch machen! Weiter, tipp weiter, raunte er sich zu, bleib bei der Sache, nicht nachdenken, und wie ein Besessener traktierte er die Schreibmaschine, die unter dem zwanzigfingrigen Ansturm von Händen und Füßen erbebte. Die Typenhebel schnellten vor, klöppelten so flink auf der Walze, daß sie fürs Auge zu einem metallenen Nebel verschwammen. Das Glöckchen am Zeilenende erklang in immer kürzeren Abständen, aus dem Handgelenk bediente Noam den Walzenhebel für die nächste Zeile, und weiter ging die wilde Fahrt, immer rasanter dem Endspurt zu. Das Herausreißen eines vollen Blatts und das Einspannen eines frischen waren eins.

Noam ritt auf einer Welle, die sich aus der heranrollenden Gewalt der Wahrscheinlichkeit speiste, balancierte auf ihrem Kamm, pflückte ohne hinzuschauen einen Buchstaben nach dem anderen aus dem Reich der Statistik, ließ die Finger tanzen, hämmerte das Werk in die Maschine, nein, er holte es aus der Maschine, er sorgte dafür, daß es sich auf dem Papier manifestierte. Noam selbst wurde zum Werkzeug einer Mission, die größer war als er selbst.

Der Rausch dauerte bis zum Schichtende.

Als die Sirene das Ende des Arbeitstages verkündete, zog Noam das letzte Blatt aus der Maschine und legte es mit dem Gesicht auf den Stapel, der heute vielversprechend groß ausgefallen war. Er sank in seinen Bürosessel zurück, die Beine weit von sich gestreckt, während die Arme kraftlos herabbaumelten und den Boden streiften. Sein Kopf fiel in den Nacken. Er senkte die ledrigen Augenlider, und zwischen langen Wimpern quoll eine Träne beglückter Erschöpfung hervor.

Es war vollbracht.

Noam atmete tief durch, rappelte sich hoch und stieß sich mit den Füßen von der Schreibtischkante ab. Sein Stuhl rollte bis zur Kubikelöffnung, und Noam spähte in den Gang. In der Ferne näherte sich schon der Abteilungsleiter mit der Bürohilfe, die ein Aktenwägelchen hinter ihm herschob.

Bevor er die Früchte seiner Arbeit weggeben mußte, nahm

Noam mit heiliger Ehrfurcht den brikettdicken Papierstapel in beide Hände, hob ihn wie eine Reliquie vom Tisch und wappnete sich innerlich für die Begegnung mit einem Meisterwerk der menschlichen Dichtkunst. Seine Finger waren etwas zittrig, während seine weit aufgerissenen Augen ohne zu zwinkern über die Zeilen huschten. Auf das, was er da zu lesen bekam, war er nicht vorbereitet. Er sah Wahrscheinlichkeiten sich in Luft auflösen, Statistiken zu Staub zerfallen. Die Entropie hob ihre häßliche Fratze. Shakespeares Bühne wankte, ihre Bretter wurden morsch, Kulissen stürzten ein. Richard III., Macbeth und King Lear entschwanden mit Hohngelächter, das in der Unendlichkeit verhallte.

Atemlos, mit wachsender Verzweiflung blätterte Noam das Werk bis zu seinem schnöden Ende durch. Es war von Shakespeare so weit entfernt wie nur irgendwas – handelte es sich doch um das Telefonbuch von Wanne-Eickel, Buchstabe A bis F, Jahrgang 1964.

Für das Räuspern des Versuchsleiters, der die Ernte des Tages einfahren wollte, war Noam taub.

Heiße Tränen fielen auf das Typoskript. Noam weinte, wie nur ein Bonobo, dessen Lebenstraum zerbrochen war, weinen konnte.

Hubert Katzmarz

Ein Meisterwerk der Weltliteratur

Meist sind es Banalitäten, die einem Pionier im Augenblick des Triumphs das heroische Gefühl verleiden. Zum Beispiel Kopfschmerzen, unerträgliche Kopfschmerzen. Alles stöhnt nach Linderung, doch die Manteltaschen geben ausgerechnet jetzt den Notvorrat an Aspirin nicht frei. Weit und breit keine Apotheke. Warum auch? Der Boden schwankt im Rhythmus meines Pulses. Ich setze mich in die feuchte Wiese, halte mich an den Grashalmen fest. Es ist dunkel. Langsam wird mir klar, daß ich als erster den Weg geschafft habe, daß ich meinem Ziel nahe bin. Eigentlich müßte ich singen vor Begeisterung und übermütig lachen: endlich frei zu sein, Herr zu sein wie nie jemand zuvor. Dabei ist mir nur schlecht. – *Welchen Weg, welches Ziel denn? Wovon frei sein, Herr sein worüber?* Ich kotze. Pizza und Schnaps und Rotwein. Ich krieche tiefer in den Mantel, warte, warte bis der Tag graut. Ganz nah steht schwarz die Wand eines Waldes. Ich spüre seinen Atem, verliere mich in ihm. Die Augen fallen mir zu ...

Ist es meine Schuld, daß ich einem etwas bizarren Geschlecht entstamme?

Mutter gilt in der ganzen Gegend als engagierte Okkultistin, mit der man sich besser nicht anlegt. Vorsorglich sammelt sie alle möglichen Körperteile von Menschen, wie zum Beispiel Haare, Brillen, Fingernägel, Glasaugen, Zähne, Perücken und manches andere, worüber ich aber besser schweige. Das Ganze wird fein säuberlich sortiert und etikettiert

und in einem kostbaren Album aus selbstgegerbtem Ratten-
leder aufbewahrt. Bei Bedarf lassen sich die Stücke zielgenau
auffinden und ihrer okkulten Zweckbestimmung zuführen.
Aber Mutter scheint den eigenen Hexenkünsten nicht recht
zu trauen. Hat nämlich einer ihrer Intimfeinde sein Ableben
wegen einem plötzlichen Unfall, Herzinfarkt oder Schlimme-
rem per Todesanzeige bekanntgegeben, so drängt es sie zur
Beerdigung, weil sie sich persönlich überzeugen möchte, daß
der Fluch oder was auch immer seine Wirkung getan hat.
Und ich mußte mit, als Zeuge gewissermaßen, denn die
schwarze Magie sei raffiniert, sie könne durchaus die Sinne
des Mystikers blenden. Ich hingegen sei in meiner kindlichen
Unschuld immun gegen so was und solle bloß aufpassen, ob
sich nicht etwas Absonderliches zutrüge. Auf diese Weise
lernte ich den Umgang mit fremden Menschen auf Trauerge-
sellschaften.

Doch betreibt Mutter ihre spiritistischen Künste nicht nur
zur Abwehr irdischer Übel, auch sucht sie damit Inspiration
aus dem Jenseits. So schart sie Damen gleicher Gesinnung
um sich, mit denen sie bei Kerzenschein und gedämpfter
Stimmung die Anrufung der Geister praktiziert. Als Kind
durfte ich unter dem Tisch hocken, der mit bis zum Boden
reichendem, schwarzen Samt bedeckt war und einen besonderen Ruf genoß als Offenbarungsmedium. Mutter ließ mich
nur ungern aus den Augen, weil Streichholzflammen und
Gardinen mein Interesse damals mehr weckten als Elmsfeuer
und Heiligenscheine. Unterm Tisch stellte ich mir vor, ein im
Stollen verschütteter Bergmann zu sein, der mit wenig Luft
und Kraft seiner Retter harrt. So was hatte mich in den Fern-
sehnachrichten schwer beeindruckt. Das monotone Murmeln
des Hexenkränzchens klang in meinen Ohren wie Räumge-
räusche der Bergungstrupps, und auf dem Höhepunkt der
Spannung, als alle Luft veratmet war und ein Knirschen und
Knacken im Gebälk den baldigen Einsturz der Zufluchtsstät-
te ankündigte, da kam Bewegung auf, Knie begannen zu zit-

tern, schlugen von unten gegen den Tisch, der darob wackelte und ruckelte, und mit dem Ruf »Baphomet, Baphomet, zeig dich uns!« kündigte sich der Durchbruch der Retter an. Schreiend krabbelte ich unter dem Tisch hervor und bemerkte, wie im fahlen Kerzenschein tausend grinsende Dämonenfratzen sich mir zuwandten und kaum verstehbar durcheinanderriefen: »Jetzt ist er uns wieder entwischt!« Hab ich's nicht gleich gesagt, daß Streichhölzer und Gardinen interessanter gewesen wären?

Vater ist mehr dem Diesseits zugewandt. Als gelernter Physiker und Maschinenbauingenieur widmet er sein Leben dem freiberuflichen Erfinden von *perpetuum mobiles*. Das sei wichtig, erklärte man mir, wichtiger jedenfalls als modernes Kommunikationsequipment im Wohnzimmer oder eine Großraumlimousine, wie die Nachbarn sie ihr eigen nannten. Man darf sich Vater aber nicht wie einen dieser Trottel vorstellen, die mit gewichtiger Miene und einer dubios verdrahteten Zigarrenkiste die Patentämter heimsuchen. Bei Vater handelt es sich um ein echtes Genie. Er versteht eine Menge von dem, was er anpackt.

»Leute!« sagt er, und schon ist alles still im weiten Rund und lauscht gebannt, »Leute, die Hauptsätze der Thermodynamik stimmen einfach nicht, nur hat's bislang noch keiner gemerkt. Aber sie stimmen nicht. Davon legt das Universum tagtäglich beredtes Zeugnis ab. Man nehme nur mal ein Schwarzes Loch und schaue es sich genau an. Richtig. Nichts zu sehen. Deshalb heißt es auch Schwarzes Loch. Alle Materie und Energie, die in seine Nähe gelangen, verschwinden auf Nimmerwiedersehen aus unserem Universum. Wohin? Nun, wie soll ich euch Laien das erklären? Also, man muß sich das Universum vorstellen als eine Menge aus Raum und Zeit in verschiedenen Dimensionen. Und dann gibt es noch negativen Raum und negative Zeit, ebenfalls in verschiedenen Dimensionen, das hat man mathematisch errechnet, das ist das Antiuniversum, ich nenne es, damit ihr eine bessere Vorstellung habt und weil das Ganze so schön spiegelsymmetrisch aufgebaut ist: *Spiegeluniversum*. Dahin verschwinden Materie und Energie. Im umgekehrten Fall kommen auch Materie und Energie aus dem Spiegeluniversum in unser Universum, sozusagen aus dem Nichts, durch ein Spiegel-Schwarzes-Loch nämlich. Das ist bei uns eine sogenannte *Weiße Beule*. Und dieses Prinzip habe ich mit diesem Gerät technisch nutzbar gemacht.« Und Vater reicht eine raffiniert verdrahtete Zigarrenschachtel durch die Runde. »Wie man sieht, handelt es sich um das Modell eines echten und wirklich funktionierenden *perpetuum mobiles*. Der ganze Trick besteht darin, daß man ins Spiegeluniversum gelangen muß ...« Ich sagte bereits, Vater ist ein Genie. Ich wette, keiner der Anwesenden hat auch nur ein Wort begriffen. Er ist eben seiner Zeit weit voraus und intellektuell überlegen.

Seiner Zeit weit voraus und intellektuell überlegen war auch der große Zamburt, ein Ururururahn mütterlicherseits, der Anfang des neunzehnten Jahrhunderts lebte. »Das hast du vom großen Zamburt geerbt«, schimpft Vater immer, wenn er sich über Mutter ärgert. »Der hat seinen muffigen Samen über die Welt gestreut als Plage.« Und Mutter kontert, der große Zamburt sei viel schlauer gewesen als Vater, das sagten auch Baphomet und seine Kumpels, und die müßten es schließlich wissen. Der große Zamburt habe nicht nur ein billiges Vorführmodell vom Perpetummobil gehabt, der sei damit sogar schon rumgefahren, und das vor zweihundert Jahren! Der habe längst die Höhe seiner Zeit erreicht, ach was, erreicht, drüber hinweggeschritten sei der! »Hä, hä!« wird Vater boshaft. »Und dann ist er wohl in ein Schwarzes Loch gefallen, was?« – »Blödmann«, sagt Mutter. »Wenn du nur halb so schlau wärst, wie der große Zamburt, dann hättest du schon drei Nobelpreise!« Und Vater sagt: »Wenn der blöde Zamburt auch nur halb so viel Verstand gehabt hätte wie ich, dann hätte er darauf verzichtet, deine komische Familie in die Welt zu setzen.« Und Mutter sagt: »Der hat eben Humor gehabt, der wußte genau, was für einen Idioten ich heiraten würde, denn er konnte in die Zukunft gucken. Ich sehe ihn vor mir, wie er sich kaputtlachte beim Gedanken an unsere Hochzeit. Außerdem verkehrte er mit dem Goethe per du, war sozusagen sein bester Freund. Und was hast du an Freunden zu bieten? Den Fred Krabbenbach aus der Kneipe, den man drei Straßenecken weiter schon nicht mehr kennt.« Und Vater sagt:»Mag sein. Aber wenn du es genau wissen willst, mußt du Zamburts Geist rufen. Dann erfahren wir alles aus erster Hand.« Und Mutter sagt:»Sieh lieber zu, daß deine Maschine richtig funktioniert. Dann kannst du ihn rational korrekt zur Rede stellen.« Solche Gespräche machten mich neugierig auf den großen Zamburt. Insgeheim wurde er mein Vorbild. Mutter war offenbar mächtig stolz auf ihn, erzählte immer wieder, daß man kaum etwas über ihn wüßte, aber das Wenige hätte es in sich! Vom Mittelrhein komme er her, eines Tages sei er in irgendeinem Westerwälder Kaff aufgetaucht, »etwas dérangiert«, wie sie sich ausdrückte, habe allerhand kluge Dinge zum Besten gegeben, die Zukunft prophezeit und eine meiner Urururgroßmütter – diese Schlampe – im Schnellverfahren geschwängert.

Zum Glück habe ich von beiden Elternteilen ein bißchen abbekommen: von Vater den logischen Scharfsinn, der es mir ermöglicht, die Dinge der Welt so zu sehen, wie sie sind; von Mutter die Sensitivität, das hinter den Dingen verborgene Sein zu erahnen. Damit sollte es mir gelingen, zu werden wie der große Zamburt: geheimnisvoll, klug, ein Freund von Goethe und auf die Schnelle Vater. Der große Zamburt war der Schatten, der mir im Nacken saß.

Ich bin dann doch nicht so geworden, wie ich mir den großen Zamburt immer vorgestellt habe. Angesichts der wirtschaftlichen Verhältnisse meiner Eltern entschied ich, aus meinem Leben etwas Solides zu machen: Ich flocht Schicksal und Neigung zu einem Band und schlug die Laufbahn eines Schriftstellers ein.

Sehr geehrter Herr Kuzzath,

bitte haben Sie Verständnis dafür, daß ich Ihnen keinen positiven Bescheid geben und Sie auch nicht zum Weitermachen ermuntern kann. Ich will weder inhaltlich noch formal auf ihre »vage Ideenskizze für eine Geschichte« eingehen. Vielmehr irritiert mich die Dreistigkeit, mit der Sie versuchen, eines der ausgezeichneten Stücke phantastischer Literatur abzukupfern. Wie mir meine Fachlektoren übereinstimmend mitteilten, sind Sie im Begriff, den Tatbestand des Plagiats zu erfüllen. Ich gebe Ihnen den Rat: Lassen Sie die Finger weg von solchen Mätzchen! Sie schaden nur sich selbst. Manch einer hat sich seinen Ruf schon ruiniert, bevor er ihn erwarb.

Mit vorzüglicher Hochachtung Ihr
Rupprecht Schmaltz-Trappinski
(Cheflektor)

Als ich aufwache, nehme ich als erstes die Kopfschmerzen wahr, die sich noch immer nicht verzogen haben; dann daß es inzwischen hell und sonnig ist; zuletzt ein Kichern ganz in der Nähe. Zwei barock gewandete Mädels stehen am Rand der Wiese und zeigen mit Fingern auf mich.

»He du!« ruft die eine.

»Ach laß ihn doch«, sagt die andere.

»Vielleicht ist er krank«, meint die eine.

»Er wackelt schon mit dem Kopf«, bestätigt die andere.

»Ganz blaß ist er auch«, entdeckt die eine.

»Und schmutzig«, findet die andere.

»Wir sollten ihm helfen«, beschließt die eine.

»Wir kennen ihn nicht«, zaudert die andere.

Ich brauche eine Weile, bis ich begriffen habe, daß die beiden reizenden Wesen über mich verhandeln. Ihre Stimmen klingen glockenhell, auch wenn der Dialekt mir fremd und – *Verzeihung!* – ein wenig plump vorkommt. Aber das muß so

136

sein, das hat alles seine Richtigkeit, das ist zu erwarten gewesen. Ich habe es also wirklich geschafft!

»Der sieht komisch aus«, behauptet die eine.

»Der kommt aus der Stadt«, vermutet die andere.

»Mag sein«, überlegt die eine.

»Da sehen alle komisch aus«, erklärt die andere.

»Ein Mantel im Sommer!« grinst die eine.

»Hei Mädels! Guten Morgen.« Mühsam hebe ich den Arm zum Gruß. »Ich komme tatsächlich gerade aus der Stadt, und zwar aus der Zzzz...« Irgendwie ist mir ein Stück Pizza in den Mund und dann in die falsche Röhre geraten. Ich huste und würge, bis eine Welle von Kopfschmerzen mich erneut niederstreckt. Verdammter Mist! Das Aspirin ist noch immer nicht auffindbar.

»Oh, reden kann der edle Herr auch, hast du gehört, Maria?«

»Und wie vornehm, nicht wahr Franziska?«

»Wa– wa– wo bin ich eigentlich«, hörte ich mich selbst stammeln. O Gott, ist mir schlecht! Und ich kotze. Pizza und Schnaps und Rotwein.

Danach ist mir besser, vor allem als ich zarte Mädchenhände spüre, die mir rechts und links aufhelfen und mich stützen. Schon geht's quer über die Wiese und einen holprigen Feldweg entlang, hügelan, hügelab, hinein ins Dorf mit windschiefen Bauernhäusern, wo man mich bei einem zerknitterten Alten abliefert, der was von »Suff» und »Muff» murmelt und mich mit wenig Zartgefühl auf die Ofenbank bettet.

Schade. Franziska hat so schöne stramme Waden, ich hätte ihr gern noch ein Weilchen beim Laufen zugeschaut.

Kaum flügge geworden, verließ ich das Elternhaus, um meine Karriere als Schriftsteller in Angriff zu nehmen. Ich zog in die altehrwürdige Stadt mit Uni und Tradition, weil ich gehört hatte, daß man dort studentische Dichter suchte. Was ich fand, waren dichtende Studenten, die ebenfalls gehört hatten.

Ich stellte schnell fest, welche Vorteile so ein Dichterdasein hat. Zum Beispiel ist es recht lustig, und das bis weit nach Mitternacht. Dafür stand man erst mittags auf. Dichtung ist ein zartes Pflänzchen, das genügend Feuchtigkeit und den richtigen Boden zum Gedeihen braucht. Beides findet man am besten in den Studentenkneipen. Am lustigsten aber war es mit den Mädchen. Die bewunderten nicht nur unsere kunstvollen Verse zum Lobe der Weiblichkeit, sondern auch die poetische Lebensart. Damit nichts verdorrte, pflegten sie die Stämme, denen Kunst entsprießt.

Solange mir Vater noch Schecks schickte, war die Dichterwelt in Ordnung. Später schrieb er mir, daß die Sache mit dem perpetuum mobile noch immer nicht ins Rollen gekommen sei und seine Ersparnisse langsam zu Ende gingen. Ich müsse nun mehr daran gehen, die Früchte der Poesie zu ernten und mir nutzbar zu machen. Das war gut gesagt, doch hinderte es mich am stilechten Ausleben der Dichtkunst. Einen gebrochenen Ast reißt man ab, mögen sich die Mädchen gesagt haben, jedenfalls verbrachte ich meine Nächte wieder allein im Bett. Auch den Freunden und Kollegen war ich nicht länger Inspiration, sondern Hemmnis. Kurz und gut: Statt der Dichtkunst in angemessenem Rahmen zu frönen, hielt ich mich tage- und nächtelang in meiner unbeheizten Dachkammer auf, hungerte und fror und träumte von Feuchte und Wärme. Manchmal erzählte ich mir selbst Geschichten, zum Beispiel vom großen Zamburt, wie der mit einer Lebenskrise fertig geworden wäre.

»Junge«, drang seine Stimme aus dem Nebel der Vergangenheit zu mir. »Junge, laß den Kopf nicht hängen! Ein Schriftsteller heißt Schriftsteller, weil er was schreibt. Du mußt was schreiben, Junge, und alle deine Probleme lösen sich von selbst.« Eine Weile noch dröhnte der Nachhall seiner Stimme durch das Zimmerchen, selbst die niedergebrannte Kerze flackerte aufgeregt.

Was schreiben. Aber was?

Der große Zamburt schwieg.

»Zamburt!« schrie ich. »Zamburt, hilf!«

Der große Zamburt schwieg.

»Zaaambuuurt!

Von unten stocherte der Nachbar mit einem Besenstiel gegen meinen Fußboden.

Wider Erwarten ist man im Dorf nett zu mir. Für die Leute dort verbreite ich den Duft der großen weiten Welt. Obschon ich ständig auf der Hut bin, die Klappe zu halten, rutscht mir hin und wieder eine Bemerkung raus, ein unbedachtes Anspielen auf mir vertraute Sachverhalte und Zusammenhänge, die den zeitvergessenen Dörflern nicht vertraut sein dürften. Dann schauen sie mich groß an, manch einer tippt sich mit dem Finger gegen die Stirn. Und ich möchte mir am liebsten ein Stück von der Zunge abbeißen, habe ich doch hoch und heilig versprochen, mich nicht zu verraten und schon gar nicht den Lauf der Dinge durcheinanderzubringen. Andererseits muß ich auch etwas riskieren. Wie sollte ich mich sonst nach den beiden Personen erkundigen, die ich in der Gegend zu treffen hoffe? Aber niemand scheint sie zu kennen. Die Dörfler schütteln den Kopf und tuscheln miteinander, wenn ich ihnen den Rücken zukehre. Nur Franziska schüttelt nicht den Kopf, sie tuschelt nicht mit anderen hinter meinem Rücken, sie schaut mich auch nicht groß an, sondern immerzu mit Augen, die Neugier und warme Sympathie verraten. Ich mag nicht daran denken, daß ich bald zurückkehren muß. Nichts habe ich bislang von dem erledigt, was der Grund für meine Reise ist. Dafür habe ich Franziska getroffen.

Was bleibt einem mittellosen Poeten schon übrig, dem nichts zu schreiben einfällt? Erst mal den Verlagen und Lektoren auf den Zahn fühlen, auch die Cracks der Branche warten nur darauf, einem Talent auf die Beine helfen zu können. Einfach testen, ob die vagen Vorstellungen von dem, was man eines Tages zu schreiben beabsichtigt, Konjunktur haben. Am Literatenstammtisch, den ich nur noch selten besuchte, gab's auch Ratschläge praktischer Art. Zum Beispiel, daß der wahre Dichter nicht die Perlen seiner Inspiration vor die Säue wirft, vor allem, daß er sich bitten läßt. Das kam mir einleuchtend vor. Es fehlte nur noch die Idee, zu der man mich hätte bitten können. Und da dachte ich mir, wenn du schon einen solchen Urururrurahn hast, kannst du auch seine Geschichte verwerten. Aber ich kannte seine Geschichte nicht! Ich kannte nur die dürren Bemerkungen von Mutter.

Im Dunkel des Dachzimmers tauchte ein Schemen auf, wie Baphomet, wenn Mutter und ihre Freundinnen ihre Anrufungen zelebrierten. »Bist du's, Zamburt?« flüsterte ich ergriffen. Die Kerze flackerte. Ich nahm die Konturen deutlicher wahr. Ein steinaltes Gesicht schwebte über der Kerze, mit Augen, die starr und gequält in eine leere Ferne blickten. Nein, das war nicht der große Zamburt, das waren die Züge meiner Mutter. »Mutter, was machst du hier?« flüsterte ich verblüfft. Die Kerze flackerte. Die Konturen verschwammen, um sich neu zu fügen. Ein steinaltes Gesicht schwebte über der Kerze, mit Augen, die starr und gequält in eine leere Ferne blickten. Nein, das war auch nicht der große Zamburt, das waren die Züge meines Vaters. »Vater, was machst du hier?« flüsterte ich widerstrebend. Die Kerze flackerte. Die Konturen verschwammen, um sich neu zu fügen. Ein steinaltes Gesicht schwebte über der Kerze, mit Augen, die starr und gequält in eine leere Ferne blickten. »Zamburt«, flüsterte ich erleichtert, »du bist es wirklich. Ein Stück Mutter und Vater zugleich. Du bist der Geist, der hinabstürzte ins Spiegeluniversum durch das Schwarze Loch, du bist es, den ich herbeirief mit Hexenkünsten.« Die Kerze flackerte. »Zamburt, ich werde deine Geschichte niederschreiben, wie du sie mir offenbarst in kalter, einsamer Stunde. Ich werde dir ein ewiges Denkmal setzen.«

Lieber Freund und Kollege,

mit Interesse haben ich Ihren Brief gelesen und die Skizzen Ihrer geplanten Geschichte zur Kenntnis genommen. Vorab möchte ich mich für das Vertrauen bedanken, das Sie mir als Person und auch als Kollegen entgegenbringen. Ich weiß aus eigener, zum Glück nun ausgestandener Erfahrung, wie schwer es für einen jungen, bislang wenig hervorgetretenen Schriftsteller ist, die Aufmerksamkeit von Verlegern und Lektoren zu gewinnen. Da kann die Empfehlung eines alten Hasen durchaus hilfreich sein. Aber es ist auch die Aufgabe von uns Älteren, ein Stückchen unserer Erfahrung und Weisheit an den Nachwuchs weiterzugeben.

Das wichtigste, Lieber Freund und Kollege, dürfte für einen Schriftsteller die Originalität sein. Hier haben Sie sicherlich mit der Wahl Ihres Themas den richtigen Instinkt gezeigt. Was ich allerdings vermisse – und da möchte ich mich vorsichtig ausdrücken –, ist die Eigenleistung. Ich unterstelle Ihnen nicht, bewußt abschreiben zu wollen, da ich den ausgearbeiteten Text nicht kenne. Doch die Parallelen sind, wie ich augenblicklich aus meiner Kenntnis des Sachverhalts annehmen muß, zu deutlich, als daß ich Ihnen Kreativität zubilligen könnte. Wenn Sie sich wenigstens einen Text, über den heute sowieso kein Mensch mehr redet, zum Vorbild genommen hätten! Aber nein, es mußte ausgerechnet jene edle Novelle sein, die als Pflichtlektüre für jeden an Phantastik interessierten Leser gilt! Womöglich spekulieren Sie darauf, daß sie zur Zeit nirgends, nicht einmal in Antiquariaten aufzutreiben ist. Ich wäre Ihnen dankbar, wenn Sie mir einmal in Ihr Exemplar Einblick gewähren würden. Sie besitzen doch eins, nicht wahr? Bei Ihrer intimen Kenntnis des Plots. Ich kenn's leider nur vom Hörensagen.

Lieber Freund und Kollege, vergessen Sie Ihr Vorhaben! Ich jedenfalls werde mich nicht für Sie mit meinem Namen verwenden. Vielleicht findet Ihr Leben in einem anderen Beruf mehr Erfüllung. Als Plagiator sind Sie trotz Ihrer Kaltschnäuzigkeit einfach zu naiv.

Herzlichst Ihr Björn Zweigang (Schriftsteller)

Nachts schleiche ich aus dem Dorf. Man darf mich nicht sehen und mit dummen Fragen aufhalten. Die Woche ist vorbei. Im genau richtigen Augenblick muß ich am genau richtigen Ort sein. Sollte ich auch nur eins von beiden verpassen, gäb's keine Rückkehr mehr.

Die Zeit habe ich etwas großzügig zu kalkulieren, die Ungenauigkeit des Gefühls in Rechnung zu stellen, denn meine Uhr ist stehengeblieben. Im ganzen Dorf zählt man die Zeit am Sonnenlauf ab. Man hinkt hier der Welt ein wenig nach, wie mir scheint.

Die Nacht ist sternenklar. Im weißgoldenen Licht des Mondes liegt die Wiese vor mir. Ich setze mich ins feuchte Gras und warte. Um mich noch einmal zu vergewissern, krame ich den Zettel aus der Tasche. Er hat gelitten während der Woche meiner Expedition, ist zerknittert und befleckt. Im Mondschein kann man die Schrift gerade noch lesen. »In der Nacht von Freitag auf Samstag, genau null Uhr, am gleichen Ort. Mach keinen Blödsinn. Viel Glück. Theophil Lenoir«, steht da in krakeliger Handschrift. Nun denn. Irgendwo krächzt ein Vogel, den ich vielleicht aus seinem Schlaf geschreckt habe.

Plötzlich höre ich meinen Namen wispern. »Wer da?« Über die Wiese eilt eine Gestalt auf mich zu. Heftig atmend bleibt Franziska stehen. »Warum bist du davongelaufen? Warum an diesen schrecklichen Ort? Manchmal kommst du mir unheimlich vor.«

Es zerreißt mir das Herz, wie sie da steht, wie Ihre Brust sich hebt und senkt, wie das Mondlicht in ihren Haaren spielt. Ach wenn ich dir doch alles erklären könnte! Aber du wirst mich nicht verstehen, ich verstehe es selbst nicht ganz.

Ich greife nach Franziskas warmer Hand, will etwas sagen, will Franziska davonscheuchen, will sie umarmen. Verfluchter Lenoir! Verfluchter Dudenschlupf! Nicht jetzt – nur nicht jetzt in diesem Moment! Oder doch? Wär das die Lösung?

Würden wir die Welt aus ihrem Gefüge brechen? Indem wir eine Brücke bauen über den Abgrund, den zu überschreiten bislang niemand gewagt hat außer mir?

»Du zitterst am ganzen Körper. Warum?«

Ich sage nichts.

Sie beugt sich zu mir herab und hält mich fest.

»Willst du, daß die ganze Welt zusammenstürzt?« frage ich.

Sie nickt.

Sie versteht mich nicht.

Lenoir du Arsch! Dudenschlupf du Arsch! Ihr verfluchten Ärsche! Hört ihr mich denn nicht?

»Laß uns gehen, du bis krank«, sagt Franziska.

Sie hilft mir auf und führt mich über die Wiese zum Wald, weg von Ort und Zeit, die uns für immer trennen sollten. Unter den Bäumen verlassen mich die Kräfte. Ich kann nicht weitergehen. Franziska setzt sich zu mir, und dann liegen wir uns in den Armen und vergessen die Kälte der Nacht, die über unsere nackte Haut streicht.

Als der Morgen dämmert, kehren wir zum Dorf zurück. Erst jetzt wird mir klar, daß ich Gott versucht habe. Ich habe seinen Schöpfungsplan durchkreuzt.

Ich war enttäuscht. Ich war geknickt. Ich war wütend. Ich war beleidigt. Ich war allein. Selbst der große Zamburt hatte mich im Stich gelassen. Erst gaukelt er mir ein Drama vor, das längst geschrieben ist, und dann hüllt er sich hämisch in Schweigen. Woher hätte ich wissen können, daß seine Geschichte, von Mund zu Mund getragen über zwei Jahrhunderte, ausgeschmückt mit meiner Phantasie, die Geschichte eines anderen ist?

Zamburt, du erlaubst dir einen Scherz mit mir!

Franziskas Vater ist gar nicht begeistert, mich erneut zu sehen. Hat er mir doch nur deshalb die Gastfreundschaft angeboten, weil ich nach einer Woche wieder weg sein wollte. Außerdem störte ihn die Art, wie Franziska und ich miteinander umgingen. Dabei dürfte er kaum etwas von unserer Nacht im Wald wissen. Aber vielleicht ahnt er es. Väter sollen für so was einen Riecher haben.

Eines Tages nimmt er mich beiseite. Franziska habe einen anständigen Mann verdient und keinen versoffenen Herumtreiber, der nicht mal über seine Herkunft einleuchtende Angaben machen könne und verdreht daherrede. Allein wie ich die Mistgabel anfasse! Zu nichts zu gebrauchen sei ich. Er habe mit seiner eigenen Familie genug zu tun, könne keinen Müßiggänger durchfüttern. Mit diesen Worten entläßt er mich, ruft mir noch hinterher, daß ich mich bloß nicht noch mal auf seinem Hof blicken lassen sollte.

Auch die anderen Leute im Dorf haben das Interesse an mir und meinen Geschichten über die große weite Welt verloren. Vor allem die Burschen vom Junggesellenverein, die mir vor wenigen Tagen noch mit offenen Mündern gelauscht haben, drohen mich zu verprügeln, wenn ich die Finger nicht von Franziska lasse. »Greif den parfümierten Damen in den Salons unter die Röcke!« rief mir einer zu. Die anderen lachen laut. Woher die bloß von den Salondamen wissen?

Tagsüber streiche ich allein durch die Gegend, pflücke Obst von den Bäumen, grabe Kartoffeln aus, röste sie im Feuerchen am Feldrain. Ich meide es, den Dörflern in die Quere zu kommen. Die Nächte werden bereits herbstlich kühl, ich verbringe sie heimlich in Ställen und Scheunen. Zu einem zeit- und ziellosen Vagabunden bin ich geworden. Mein Gott, habe ich diese Strafe wirklich verdient?

Einmal treffe ich Franziska wieder. Sie ist allein. Sie sagt, sie habe mich die ganze Zeit über gesucht. Wir gehen zu unserem Wald. Wir schwören, daß nichts mehr uns trennen sollte, und wenn die Welt in Stücke fiele. Wir beschließen, das Dorf zu verlassen und in die Stadt zu gehen. Franziska besorgt noch ein paar Sachen und Proviant, dann stehlen wir uns spätabends in die Dunkelheit davon. Zwei Schiffbrüchige auf einem Floß, das fern der Fahrtrouten durchs unendliche Meer dümpelt.

Unterwegs teilt mir Franziska mit, daß sie schwanger ist.

Wenn man zu einem Wissensgebiet Rat sucht, wendet man sich an einen Experten oder an eine Datenbank oder Bibliothek. Zum Glück gibt es, wie die Kollegen vom Stammtisch wußten, gerade für mein Problem die *Phantastische Bibliothek* in Wetzlar. Dort ist alles versammelt, was jenseits der naturalistischen und dokumentarischen Dichtung Rang und Namen hat, von den Anfängen seit Erfindung der Schrift bis zu unserer Gegenwart: Geschichten, Gedichte, Balladen, Romane, Dramen, Abhandlungen etc. etc.

Natürlich ließ mich der Gedanke nicht mehr zur Ruhe kommen, daß jemand Zamburts Geschichte, und damit die meiner Familie, bereits zu literarischem Ruhm verholfen hatte. War ich zunächst wütend, stellte sich nach und nach neugierige Faszination ein. Jener Verwandte im literarischen Geiste entpuppte sich als Chimäre, spukte durch die Köpfe von Autoren und Lesern des Genres, und ließ sich nirgendwo dingfest machen. Überall schüttelte man den Kopf, in einigen Antiquariaten strich man sich das Kinn, ja, da gebe es was, die Nachfrage sei groß, das Angebot gleich Null, Kataloge schwiegen sich aus.

Dann erinnerte ich mich an das Stammtischgerede von der *Phantastischen Bibliothek*. Ich machte mich also auf den Weg nach Wetzlar und hatte prompt Schwierigkeiten, die Bibliothek zu finden. In der Nähe des Doms, wußte jemand, den ich gefragt hatte. Dort standen aber nur kleine Häuschen, zum Teil Fachwerk, die sich eng aneinanderlehnten. Erst er fünfte Passant konnte mir die schiefe Holztür zeigen, hinter denen die geheiligten Hallen zu finden seien.

Etwas unsicher blickte ich im Foyer umher. Was von außen mittelalterlich morsch wirkte, drinnen strotzte es vor Gediegenheit. Englische Stilmöbel aus massivem Holz, Glasvitrinen voll von verblaßten und zerfledderten literarischen Exponaten säumten die Wände. Ein roter Teppich geleitete den Besucher zum optischen Schwerpunkt des Gewölbes, einem Mahagonischreibtisch mit goldenen Beschlägen, hinter dem eine offenbar in Ehren ergraute Dame thronte.

»Sie wünschen, der Herr?«

Da ich der einzige weit und breit war, konnte nur ich gemeint sein.

»Ja – äh – ich weiß nicht so recht.«

»Wollen Sie zur Phantastischen Bibliothek?«

Ich nickte schüchtern.

»Und?«

»Ich suche was. Ein Buch.«

»Das suchen alle hier.«

»Ich suche ein bestimmtes.«

»Das suchen alle hier. Manche auch zwei, oder drei, oder vier, oder noch mehr.«

»Na, da bin ich bescheiden. Mir reicht schon eins.«

»Und?«

»Tja. Hähä. Wo sind denn die Bücher. Ich würd mich ganz gern mal umsehen. Vielleicht auch ein bißchen stöbern.«

»Das geht nicht.«

»Wieso denn nicht?«

»Wir sind eine Präsenzbibliothek. Wer Sonderwünsche hat, meldet sich vorher an. Dann können wir sehen, was sich machen läßt. – Sind Sie angemeldet?«

»Äh – ich glaub nicht.«

»Dann ist nichts zu machen, werter Herr. Tut mir leid.«

Ich muß sie irritiert angeguckt haben, denn nach einer Weile fuhr sie in versöhnlichem Tonfall fort: »Haben Sie bitte Verständnis, aber wir sind kaum auf Besucher eingestellt. Die meisten Anfragen bekommen wir über unsere Homepage. Wir suchen das gewünschte Teil dann raus und schicken eine Kopie per E-mail an den Interessenten. Aber da Sie nun mal hier sind …« Sie seufzte. »Wie ist der Titel und der Verfasser?

146

Ich besorge Ihnen das Buch dann aus dem Lager und Sie können es hier lesen. Wir haben in einem Nebenraum Studiernischen für Fälle wie Sie.«

Wie sie die Wörter »Lager» und »Fälle wie Sie» betonte. Als verhandelten wir über Schuhe oder Tapeten und als sei ich gerade aus der Klapse ausgebrochen.

»Ich weiß aber den Titel nicht«, sagte ich beschämt.

»Na ja. Manchmal kommt man über den Verfasser drauf.«

»Den kenn ich auch nicht.«

»Ja, was wollen Sie denn dann hier?«

Die Tür hinter dem Schreibtisch öffnete sich quietschend. Durch den Spalt schob sich eine spitze Nase, auf der eine große Brille klebte. Dann folgte ein von schlohweißem Haar bekränzter Glatzkopf. »Was gibt es, Frau Tappermann-Dringlich? Ist da wieder ein Besucher?«

»Der Herr sucht ein Buch, aber er weiß nicht welches.« Die Stimme der Dame klang klagend.

»Pardon«, sagte ich. »Selbstverständlich weiß ich, welches Buch ich suche. Ich kenne nur den Verfasser und den Titel nicht.«

»Ah!« strahlte der Glatzkopf. »Da sind Sie genau richtig. Für so was sind wir zuständig. Das ist der Zweck unserer Einrichtung. Bitte treten Sie doch ein!« Und die Tür wurde ganz geöffnet.

Jetzt erst bekam ich die Gestalt zu sehen: hager, altersgebeugt, aber die Augen hinter der Monsterbrille blitzten vor Tatendrang.

»Bitte, der Weg ist frei!« gab sich Frau Tappermann-Dringlich geschlagen.

In der Tür reckte mir der Greis seine knochige Hand entgegen. »Gestatten Sie, daß ich mich vorstelle: Theophil Lenoir. Ich bin sozusagen der Vater dieser Anstalt. Wurde auf meine Initiative hin Ende der achtziger Jahre des vorigen Jahrhunderts eingerichtet.« Und er schob mich in einen schmalen Gang zwischen Bücherregalen, die bis zur Decke reichten.

»Ich nehme an, Sie sind Wissenschaftler, wollen Ihr Quellenstudium betreiben. Kommen viele vorbei zu dem Zweck. Wir haben ja auch bestes Renommee im ganzen deutschsprachigen Raum, wenn's ums Phantastische geht.«

»Nun ja«, entgegnete ich, »Wissenschaftlicher bin ich nicht so ganz. Aber mit dem Quellenstudium stimmt's schon. Ich brauch's für ein literarisches Projekt als Schriftsteller.«

»Aha. Schriftsteller. Natürlich, die gibt's auch noch. Womit kann ich Ihnen dienen?«

»Ich brauche ein Buch, das …«

»Sehen Sie sich ruhig um. Sind alles Bücher hier, allein in diesem Raum an die achtzigtausend. In den fünfunddreißig Jahren seit Gründung der Bibliothek sind unsere Bestände immer weiter gewachsen. Heute verwahren wir schon über dreieinhalb Millionen Titel, vieles aus Spenden von Sammlern und Verlagen, aber auch die Stadt hat und finanziell unter die Arme gegriffen. Meines Wissens sind wir die größte Bibliothek für phantastische Literatur in der ganzen Welt.«

»Sieht von außen gar nicht so groß aus.«

»Nun, wir haben nach hinten raus angebaut, und als das nicht mehr reichte, auch nach unten. Fünffach unterkellert. Man hängt doch am Alten. Solange ich noch meine Finger im Spiel hat, wird die Bibliothek nicht umziehen. Sie verstehen?«

Ich verstand. Hing ich doch auch am Alten, am großen Zamburt zum Beispiel.

»Wie finde ich das Buch, das ich suche?« fragte ich.

»Ach, nichts einfacher als das. Sie geben mir den Titel und den Verfasser an, und ich such's Ihnen raus. Hab zwar nicht alle dreieinhalb Millionen im Kopf, aber die Systematik stammt von mir ganz allein.«

»Pardon. Ich sagte bereits, daß ich die Daten nicht habe.«

Lenoir blieb abrupt stehen, sah mich schief an und kratzte sich den Haarkranz. »Jaaaaa … das ist übel … sehr übel. Ich verstehe nur nicht ganz, wie Sie ein Buch haben wollen, das Sie gar nicht kennen.«

»Aber ich kenne es doch! Glaube ich zumindest.«

»Jaaaaa ... dann ... Haben Sie's als Kind mal in der Hand gehabt? Können Sie sich noch an den Umschlag erinnern?«

»Nein, nein, es geht doch nicht um den Umschlag, sondern um den Inhalt.«

Lenoir blieb erneut stehen. Er wirkte etwas irritiert. »Ich weiß«, murmelte er, »ich weiß, daß Bücher früher auch gelesen wurden, aber heutzutage ... Sind Sie sicher, daß Sie's gelesen haben?«

»Natürlich bin ich sicher, daß ich's nicht gelesen habe. Nur gehört habe ich davon. Und jetzt brauche ich das Buch, um etwas Bestimmtes nachzuschlagen.«

»Das ist ja hervorragend!« rief Lenoir aus, war wieder ganz der stolze Vater dieser Anstalt. »Dann sagen Sie mir, was Sie davon gehört haben, und wir machen eine Computerrecherche!«

Wir liefen immer noch zwischen den Regalen hin und her, treppauf, treppab, mal nach rechts, mal nach links, ich hatte längst die Orientierung verloren und geriet langsam außer Atem, hatte Mühe, dem vorauseilenden Lenoir zu folgen, der wohl mehrmals täglich diese Runde drehte und sich dabei fit hielt. »Kommen Sie, kommen Sie!« drängte er. »Der Computer ist gleich hier um die Ecke – beziehungsweise um diese hier, nein hier auch nicht. Die Leute von der Reinigung haben wieder mal aufgeräumt. Entgegen meine Weisung! Es ist so schwierig, zuverlässiges Personal zu bekommen.«

»Ja sicher«, keuchte ich dem alten Knaben hinterher. »Darüber klagen alle.«

Lenoir hielt abrupt in seinem Lauf inne. Er fummelte an seiner Brille herum, als wolle er mich genauer in Augenschein nehmen. »Ja sicher«, äffte er mich nach. »Darüber klagen alle. Aber hier ist's berechtigt. Übrigens da sind wir, da steht das gute Stück.« Mit der Hand strich er zärtlich über Monitor und Tastatur. Dann machte er sich an einem altertümlichen Haustelephon zu schaffen. »Frau Tappermann-Dringlich, würden Sie bitte zum Computer kommen! Der Herr … Wie war doch gleich der Name?«

»Kuzzath«, sagte ich. »Bertram Kuzzath.«

»Der Herr Kuzzath will eine Computerrecherche machen. Würden Sie das bitte übernehmen!«

Es dauerte nicht lange, da tauchte Frau Tappermann-Dringlich auf. Sie kannte wohl eine Abkürzung. Sie setzte sich vor den Computer, strich den Rock glatt und sah herausfordernd zu Lenoir auf.

»Fangen wir an«, sagte Lenoir.

»Name des Autors?« las Frau Tappermann-Dringlich vom Bildschirm ab.

»Der Computer will wissen, wie der Autor heißt«, erläuterte Lenoir, an mich gewandt.

»Das weiß ich nicht«, entgegnete ich geduldig.

»Unbekannt«, erläuterte Lenoir, an Frau Tappermann-Dringlich gewandt.

Frau Tappermann-Dringlich tippte *unbekannt* in die Tastatur.

»Titel des Werks?« las Frau Tappermann-Dringlich vom Bildschirm ab.

»Der Computer will wissen, wie das Buch heißt«, erläuterte Lenoir, an mich gewandt.

»Mein Gott! Das will ich doch gerade herausfinden!« entgegnete ich schon nicht mehr ganz so geduldig.

»Unbekannt«, erläuterte Lenoir, an Frau Tappermann-Dringlich gewandt.

Frau Tappermann-Dringlich tippte *unbekannt* in die Tastatur.

Dem Laufwerk des Computers entrang sich eine Art Stöhnen. Dann flimmerte über den Monitor die Schrift: »Grunddaten unvollständig oder unbekannt. Bitte Inhaltsanalyse vornehmen.«

Frau Tappermann-Dringlich sah Lenoir fragend an. Lenoir sah mich fragend an. »Nun?« sagte er, als ich nichts sagte.

»Beschreiben Sie mit ein paar markanten Worten, worum es in Ihrem Buch geht.«

»Ja …« überlegte ich. »Science Fiction – eventuell.«

Frau Tappermann-Dringlich tippte *Science Fiction* in die Tastatur, und schon begann der antike Nadeldrucker zu rattern, spie eine vollgeschriebene Seite nach der andern aus. »Halten Sie an! Stoppen Sie!« versuchte Lenoir den Lärm zu überschreien. »Frau Tappermann-Dringlich, wie oft soll ich Ihnen noch sagen, daß circa die Hälfte unserer Bestände Science Fiction sind!«

Frau Tappermann-Dringlich ließ die Finger über die Tastatur flitzen, der Drucker machte indes weiter und weiter, auf dem Boden ringelte sich das Endlospapier bereits zu einem Haufen hoch. Dann bückte sie sich, und triumphierend hielt sie uns den Netzstecker des Computers unter die Nase. Der Drucker schwieg.

»Stecken Sie das Ding da wieder rein!« kommandierte Lenoir. »Sie gehen mit unseren empfindlichen Geräten um, als wären sie aus Eisen!« Und mit entschuldigendem Lächeln beugte er sich zu mir: »Es braucht jetzt ein paar Minuten, bis das System wieder hochgefahren ist. In der Zwischenzeit können Sie mir den Inhalt umreißen, dann geht es nachher schneller.«

Ich überlegte einen Moment. »Science Fiction«, wiederholte ich und fügte hinzu: »Schwarzes Loch, Schwarze Magie. Reicht das?«

»Sehr interessante Zusammenstellung« resümierte Lenoir. »Allerdings noch ein bißchen mager. Bedenken Sie, daß wir eine Auswahl aus dreieinhalb Millionen Titeln treffen müssen. Ein, zwei Stichwörter mehr dürften es ruhig noch sein.«

»Tja, was soll ich sagen?« Ich mußte jetzt wirklich scharf nachdenken, sozusagen Schüsse in den Nebel abfeuern. »*Perpetuum mobile* vielleicht noch.«

»Frau Tappermann-Dringlich, sind Sie soweit? Haben Sie gehört? Sie sollen unter Inhaltsanalyse *Science Fiction*,

Schwarzes Loch, Schwarze Magie und *perpetuum mobile* eingeben. Mal sehen, was unser Kleiner damit anfangen kann.«

Erneut begann der Drucker zu rattern, häufte weitere Schicht um Schicht auf den bereits eindrucksvollen Haufen, machte aber nach zehn Minuten von selbst Schluß.

»Ich würd sagen, ungefähr zwanzigtausend Titel«, meckerte Lenoir. »Wir brauchen noch ein Stichwort, eventuell mal was zum Stil oder so.«

»Zum Stil?«

»Ja. *Melodram, Space Opera* oder *poetisch* zum Beispiel.«

»Hm. Ich weiß nicht so recht ... Tut's auch *lustig*?«

»Frau Tappermann-Dringlich, haben Sie gehört?«

Science Fiction, Schwarzes Loch, Schwarze Magie, perpetuum mobile, lustig tippte sie ein und buchstabierte laut mit.

Der Drucker schwieg.

»Stimmt was nicht?« Lenoirs Nase begann zu beben.

»Keine Ahnung.« Frau Tappermann-Dringlich zuckte die Schultern. »Auf dem Bildschirm ist auch nichts. Wie tot.«

»Das waren Sie mit dem Stecker!« keifte Lenoir. »Ich hab's geahnt! Jetzt müssen wir wieder den Techniker rufen.«

»Was ist denn mit mir?« erkundigte ich mich. »Ich möchte doch nur die paar Bücher angucken, auf die meine Beschreibung paßt.«

»Tut mir leid.« Lenoir wirkte aufrichtig zerknirscht. »Sie werden etwas warten müssen. Der Techniker kommt in etwa einer halben Stunde und braucht erfahrungsgemäß ein, zwei Stunden. Sie können solange was lesen. Steht ja genug rum.«

Ein Räuspern schreckte uns auf. Zwischen den Regalwänden war ein kleiner, etwas dicklicher Mensch mit ungekämmtem Haar und Schnäuzer aufgetaucht. »Entschuldigen Sie bittet die Störung«, dienerte er beim Näherkommen. »Ich habe nicht bewußt gelauscht, aber es ließ sich kaum vermeiden, daß ich ein paar Wortfetzen mitbekam. Vielleicht kann ich dem Herrn behilflich sein.«

»Ja – ähem. Darf ich vorstellen?« Lenoirs Hände beschrieben einen Halbkreis, der den Raum im allgemeinen und den Dicken und mich im besonderen umschloß. »Dr. Jonathan Dudenschlupf, Physiker an der Universität Gießen, einer unserer treuesten Nutznießer, nicht wahr?«

Der Dicke machte eine altmodisch anmutende Verbeugung.

»Und Herr … Wie war doch gleich der Name?«

»Kuzzath, Bertram Kuzzath«, sagte ich.

»Und Herr Kuzzath. Herr Kuzzath recherchiert über *perpetuum mobiles* in Schwarzen Löchern, wenn ich nicht irre.« Lenoir nickte mir aufmunternd zu, daß ich seine Angaben bestätigen sollte.

»Nicht ganz«, hob ich an, kam aber nicht weiter, weil Dudenschlupf, über sein ganzes Mondgesicht grinsend, mich unterbrach. »Genau mein Fachgebiet, sozusagen. Wenn Sie nichts dagegen haben, werde ich Herrn Kuzzath ein Weilchen entführen. Hier dauert's bestimmt noch etwas länger.«

Als wir ein paar Regalecken weiter und außer Sicht waren, raunte Dudenschlupf: »Nehmen Sie's nicht so tragisch. Er ist etwas wunderlich geworden in den fünfunddreißig Jahren, die er in seiner Bibliothek verbrachte, ohne die geliebten Bücher je für länger verlassen zu haben.«

»Ich finde, er ist sehr hilfsbereit«, entgegnete ich.

»Sie sind Fachmann für Schwarze Löcher und Schwarze Magie?« wechselte Dudenschlupf das Thema.

»Nun ja, nennen wir es lieber familiär vorbelastet.«

»Wie kriegen Sie denn Naturwissenschaft und Hokuspokus gedanklich unter einen Hut?«

»Hokuspokus will ich nicht gelten lassen!« widersprach ich heftig. »Meine Mutter ist eine ernst zu nehmende Hexe. Sie ist stets auf der Höhe der Zeit und arbeitet sogar mit Computern.«

»Vergessen Sie's. Ich wollte Ihnen nicht zu nahe treten.« Dudenschlupf tippte mich vertrauensselig an den Arm. »Mir fiel nur auf, daß Ihren Themenbereichen zwei Denkprinzipien zugrundeliegen, die sich gegenseitig ausschließen. So weit ich Ihr Gespräch mitbekommen habe, geht's Ihnen doch um jemanden, der unser Raum-Zeit-Gefüge durch ein Schwarzes Loch verlassen hat und nun quasi als Geist umherirrt und nicht genau weiß, wohin er gehört.«

»Ja, so ähnlich muß es sein.«

»Sehen Sie! Ich kann Ihnen da eine naturwissenschaftlich stringente Lösung anbieten, die ohne transzendentalen Firlefanz auskommt.«

»Und die wäre?«

»Zeitreise natürlich. Was denken Sie denn? Haben Sie's schon mal mit Zeitreise versucht?«

Unwillkürlich blieb ich stehen. »Zeitreise, sagen Sie? Ehrlich gesagt hab ich's noch nicht damit versucht. Aber jetzt, wo Sie's sagen ... Zeitreise wär tatsächlich keine schlechte Idee. Ich muß zugeben, das hat was.«

»Hab ich's Ihnen nicht gleich gesagt!« Dudenschlupf freute sich wie ein Kind, das seinen Eltern gerade die durchschlagende Wirkung einer nicht vorgesehenen Mischung aus dem Chemiekasten vorführt. »Ich bin nämlich so was wie ein Experte für Zeitreisen, müssen Sie wissen. An unserem Institut experimentieren wir mit der Dimensionalität. Was sich mathematisch so wundersam fügt, möchte ich gerne kulturgeschichtlich überprüfen, ob es nicht Ereignisse gab und gibt ... Sie verstehen? Deshalb sichte ich die einschlägige Literatur.«

»Interessant.«

»Ja, sehr interessant. Sie glauben gar nicht, wieviel Quatsch sich im Laufe der Zeit angesammelt hat. Jeder meint , zu diesem Thema seinen Senf beitragen zu müssen. Vor allem in der Science Fiction. Hanebüchen das Ganze. Kaum einer berücksichtigt die physikalische Natur des Phänomens und die sich daraus ergebenden Konsequenzen. Alles phantasiert fröhlich vor sich hin. Bis auf ein paar löbliche Ausnahmen.«

Dudenschlupf hatte beim Abschreiten der aufgereihten Büchermassen hin und wieder in die Regale gegriffen und balancierte schon einen gehörigen Stapel vor sich her. »Sehr empfehlenswert, was ich Ihnen ausgewählt habe«, schnaufte er. »Alles zu Ihrem Thema. Sollten Sie wirklich lesen!« Und mit feierlicher Miene überreichte er mir den Stapel, um sogleich weiterzueilen. »Ich konnte selbst noch nicht alles lesen, aber zumindest bei den kritischen und kommentierten Ausgaben wird man durch das Literaturverzeichnis zuverlässig auf so manchen Titel hingewiesen. Da soll es zum Beispiel eine Art Standardwerk für höheren Blödsinn geben, so ziemlich das Dämlichste, was zu diesem Thema je verfaßt wurde, ein wahres Kompendium intellektueller Abstürze. Wenn's nicht so lustig wär, könnte man das Heulen davon kriegen. Hier ungefähr müßte es stehen. Ich habe die Systematik dieser Bibliothek nämlich halbwegs im Kopf. Warten Sie mal!«

Dudenschlupf war vor einem der Regale stehengeblieben. »Da hat ein Dichter aus dem achtzehnten oder neunzehnten Jahrhundert was geschrieben, das allgemein als Fundgrube für Spinner bezeichnet wird. Nichts durchdacht, ein eindrucksvoller Mangel an Sachverstand. Der Kerl soll so ziemlich alles an geistesgeschichtlichem Hintergrund seiner Zeit mißverstanden und zusammengerührt haben. Ich sag Ihnen, die größte logische Lachnummer seit Erfindung des aufrechten Ganges! Moment, ich hab's gleich. Natürlich da oben. Würden Sie mal bitte …«

Mir rutschte der Bücherstapel aus den Fingern und fiel unter Poltern zu Boden, als ich versuchte, die Hände zur Räuberleiter zu falten. »Lassen Sie's liegen!« sagte Dudenschlupf. »Hier ist sowieso kein Platz zum Deponieren.« Und schon stieg er mit meiner Hilfe auf, ich hatte das Gefühl, in den Holzboden gerammt zu werden. Seine kurzen Arme reichten nicht bis zur obersten Regalreihe. »Können Sie«, keuchte er, »können Sie noch ein bißchen …?« Ich gab mir alle Mühe, bis es ihm gelang, ein schmales, zerlesenes Bändchen aus der Bücherkolonne zu fingern. »Hier!« Er reichte es mir im Runterspringen. »Nehmen Sie's ruhig. Es steht zwar ganz oben auf meiner Literaturliste, die ich noch durcharbeiten möchte –

Spaß gehört zu jeder Arbeit –, aber ich muß nicht an der Reihenfolge kleben. Ich gewähre Ihnen als neuen Gast hiermit den Vortritt.«

Ich nahm es und warf einen flüchtigen Blick drauf. Der Einband war unbeschriftet und abgegriffen. Ich wollte das Büchlein gerade öffnen, als Frau Tappermann-Dringlichs Stimme laut und trocken durch die Schluchten zwischen den Bücherregalen fegte: »Herr Dudenschlupf, Herr … Dingens! Der Techniker kommt heute nicht mehr. Wir schließen gleich. Sie müssen die Bibliothek verlassen!«

»Schauen Sie doch nicht so entsetzt!« Dudenschlupfs Mondgesicht grinste. »Die Bücher, die ich Ihnen rausgesucht habe, reichen bestimmt bis morgen. Die können Sie auch mitnehmen, wenn ich mich für Sie verbürge. Ich genieße hier Narrenfreiheit. Gehen wir!«

»Eins reicht«, sagte ich. »Das hier, glaub ich.«

»Interessant, nicht? So viel Scheiß auf einem Haufen. Stekken Sie's ein, ich nehm's auf meine Kappe.«

Ich stolperte hinter ihm her. An der Tür erwarteten uns schon Frau Tappermann-Dringlich und Lenoir. Der rieb sich die knochigen Hände. »Tja, wie soll ich's sagen? Es ist mir furchtbar peinlich, daß der Herr … Wie war doch gleich der Name?«

»Kuzzath heißt der Herr, Bertram Kuzzath«, kam mir Dudenschlupf zuvor.

»… daß der Herr Kuzzath nun gar nicht zum Zuge gekommen ist. Aber Frau Tappermann-Dringlich hat jetzt Feierabend. Sie wissen, die Tarifbestimmungen …«

»Zweieinhalb Überstunden allein schon in diesem Monat, und heute ist erst der Zwölfte!« unterbrach sie ihn.

»Tja.« Lenoir intensivierte das Händereiben. »Ich habe da einen Vorschlag zur Güte. Als kleine Entschuldigung Ihrer Phantastischen Bibliothek lade ich Sie alle zu *Gigolo* ein. Sie kennen *Gigolo*, Herr Kuzzath?«

»Woher soll der *Gigolo* kennen, der ist doch fremd hier.«

Dudenschlupf beugte sich zu Lenoir. »Aber wir nehmen natürlich gerne an.« Und er beugte sich zu mir. »*Gigolo* ist der Italiener direkt um die Ecke. Der beste am Ort.«

»Ich nicht«, meldete sich Frau Tappermann-Dringlich mit spitzer Stimme zu Wort. »Ich habe noch eine Verabredung heute abend.«

»Schade. Da kann man nichts machen.« Lenoir polierte mit einem schmuddeligen Taschentuch seine Brille. »Frau Tappermann-Dringlich ist etwas sensibel in mancher Hinsicht. Aber ansonsten meine beste Kraft, sozusagen der gute Geist aller Phantasten, ha, ha! Meine Herren, ich denke, wir sollten es uns dennoch bei *Gigolo* gemütlich machen!«

Dudenschlupf nickte bestätigend, ohne mein Einverständnis abzuwarten.

Wir verließen die Phantastische Bibliothek. Frau Tappermann-Dringlich schloß die Tür hinter uns sorgfältig ab und verstaute den Schlüssel in ihrer Lederhandtasche.

Eine Weile standen wir noch auf dem Domplatz und wußten nicht so recht, wie wir Frau Tappermann-Dringlich verabschieden sollten. Mit plötzlichem Gedröhn kam ein schweres Motorrad angefahren und hielt direkt vor uns. Der Fahrer war ganz in Leder gekleidet. Als er den Helm abnahm, quollen blonde Locken hervor, die ihm bis auf die Schultern fielen. Er lächelte Frau Tappermann-Dringlich an. »Wollen wir, Elsbeth?«

Frau Tappermann-Dringlich wandte sich uns zu. Ihre gestrenge Miene war jugendlicher Fröhlichkeit gewichen. »Na denn: bis morgen.« Elegant schwang sie sich auf den Rücksitz, der Motor heulte auf, dann verschwanden die beiden um die Ecke, hinter der ich *Gigolo* vermutete.

Hochverehrter Herr,
   Euer Werck hab ich gelesen zu späther Stund und es sey mir erlaubet zu bemercken, dasz ich selten hab so gelacht über das schlimme Walthen des Schicksales. Indes mir erscheinet Euer Stiel

157

etwas caprizirt, auch wenn nur Gott weisz wie es weithergehet mit unserer teutschen Sprach. Sehr weise und inthelligennt das Construct. Ich werd Euch anempfehlen die Königlich-Preussische-Druckerey zur weitheren Verwendunck, denn es darf nicht seyn, dasz solch ein Meistherwerck der Welthlitterathur dem Vergessen anheimfallet.

Goethe

»Sie können gleich anfangen«, raunzt mich der alte Bureauvorsteher an und weist mir ein Stehpult in der dunkelsten Ekke des sowieso düsteren Raumes zu. Die Blicke der anderen Schreiber folgen hinter gesenkten Gliedern jedem meiner Schritte. Ich merke es trotzdem. Meine Hände werden feucht.

Als Kind habe ich mich mit Kunstschriften beschäftigt, deshalb sind mir Schreibfeder und Tintenfaß nichts Unbekanntes. Noch bevor ich meinen neuen Arbeitsplatz genau in Augenschein nehmen kann, packt der Bureauvorsteher einen Stapel Akten auf das Pult. »Müssen bis morgen mittag kopiert sein. Die Herren Räte brauchen die Unterlagen für ihre Sitzung.«

Er zieht sich zurück. Ich beginne. Bald geht mir die Arbeit schon flotter von der Hand, die altdeutsche Schrift läßt sich nach kurzer Gewöhnung leicht entziffern. Mit meiner eigenen Handschrift werde ich sicherlich für eine mittlere Revolution unter diesem traditionsbewußten Dach sorgen, aber beim Testschreiben hat man sie kommentarlos akzeptiert, lediglich verwundert mit den Augen gezwinkert. Die Schreiberstelle mußte wohl dringend neu besetzt werden, und in dieser Hinterwäldlergegend scheint's nicht viele Schriftkundige zu geben.

Es ist still im Raum. Ab und zu räuspert sich einer, ansonsten kann man nur das leise Kratzen der Federn auf dem Papier hören. Seitdem ich den altehrwürdigen Bau betreten habe, bin ich auf nichts gestoßen, was auch nur den geringsten Verdacht erweckt, daß es den von mir Gesuchten gibt. Dabei müßte ich, wenn überhaupt, gerade hier Spuren von ihm finden.

Nach etwa vier Stunden bin ich fertig. Die anderen schauen neugierig zu mir herüber, sie quälen sich noch immer mit den barocken Schnörkeln ab. Ich warte. Ich traue mich nicht, das Bureau einfach zu verlassen, da ich mir über die Arbeitszeitregelung nicht im klaren bin. Jedenfalls trifft keiner von den anderen Anstalten, nach Hause zu gehen, obwohl die Sonne schon tief steht. Im letzten Licht, das über die Giebel der Häuser auf der anderen Seite des Platzes fließt, mache ich ein paar Übungen in altdeutscher Schrift. Leise vor mich hin lachend unterzeichne ich das Geschreibsel mit *Goethe*. Ich finde, nichts anderes paßt besser zu dem Ambiente hier.

Bevor es ganz dunkel ist, entläßt uns der Bureauvorsteher. Er nimmt meine Kopien, geht mit ihnen zum Fenster und prüft sie aufs genaueste. Er nickt mir anerkennend zu.

Im Treppenhaus lösen sich die zu ernsten Masken erstarrten Gesichter der Kollegen. Sie verfallen in eine angeregte Plauderei. Man stellt mir Fragen, woher ich komme, was ich hier wolle, wer mein Schneider sei und so weiter. Ich antworte, so gut es geht, ohne mich zu verraten.

»Mein Herr«, finde ich endlich den Mut zu einem Vorstoß. »Mein Herr, kennen Sie Goethe?«

Der Kollege, der zufälligerweise direkt neben mir geht, schüttelt den Kopf. »Wer soll das sein?«

»Nun ...« Ich weiß nicht, wie ich ihm das erklären soll. »Ein großer Dichter, der hier ...« Ich unterbreche mich, als ich das zweifelnde Gesicht des Kollegen sehe. »Ein Jurist, der hier ... arbeitet ...« verbessere ich mich.

»Da müßten Sie Rupert fragen«, entgegnet der Kollege und deutet auf einen älteren Mann mit ergrautem Haar. »Rupert ist von uns allen am längsten hier. Der kennt die meisten der hohen Herren.«

Am Ausgang erreichte ich Rupert. »Rupert, mein Herr, darf ich Sie etwas fragen?«

Rupert bleibt stehen, sieht mich mit tiefgründigen Augen an und lächelt geheimnisvoll.

»Nur zu«, sagt er freundlich.

»Kennen Sie Goethe?«

Das Lächeln Ruperts gefriert. »Da kommt er aber reichlich spät, der Herr.« Und schon ist er durchs Portal nach draußen verschwunden.

Ich folge eilends, doch in dem Gewimmel auf dem Platz verliere ich ihn gleich aus den Augen. Ich blicke mich noch einmal zu dem Gebäude um. Das Säulenportal liegt in tiefem Schatten, während die Strahlen der untergehenden Sonne den Platz mit seinen Menschen und Marktständen in einen rotgoldenen Schimmer tauchen.

Manche der neuen Kollegen sind unzufrieden mit meinen ausweichenden Antworten von vorhin. Ich solle noch mit in ein Lokal kommen, wo man sich näher kennenlernen könne. Ich lehne ab. Franziska wartet bereits in dem Gasthaus, wo wir uns einquartiert haben. Trotzdem mache ich noch eine kleine Runde durch die Stadt. Vor dem Gebäude des Reichskammergerichts bleibe ich stehen. Ich stelle mir vor, auf ihn zu warten, bis er rauskommt. Aber die Türen und Fenster sind vernagelt.

Ich sei reichlich spät, hat Rupert gesagt. Ob er was ahnt? *Reichlich spät!* Ohne die Berühmtheit Goethe dürfte ich kaum eine Chance haben, die Spur Zamburts aufzunehmen. Mir wird klar, daß alles schiefgelaufen ist. Der kleine Platz liegt ruhig da. Ein Herr stolziert über das Kopfsteinpflaster an mir vorbei, hält einen Moment lang an, sieht sich um, betrachtet mich argwöhnisch. Vielleicht ist es Zamburt – wer weiß? Ich traue mich nicht zu fragen.

Franziska, der erste Tag ist alles in allem gut verlaufen. Wir werden keine Not leiden. Doch ich sehe immer deutlicher, daß ich an einer unbekannten Küste gestrandet bin.

Bei *Gigolo* ging es hoch her. Alle Tische waren besetzt, die Kellner flitzten, ein Rufen und Gejohle, dazwischen das herzzerreißende Jammern von Italoschnulzen. Mittelmeer in Wetzlar.

Theophil Lenoir sah sich mit spitz vorgereckter Nase um. Seine schmale Oberlippe zuckte.

»Passen Sie auf! Gleich geschieht eine Art Wunder!« schrie mir Dudenschlupf ins Ohr.

Ein Kellner in braun und rot bekleckerter weißer Weste hetzte vorbei. Blitzschnell schoß Lenoirs Hand vor und packte ihn am Arm. Die beiden brüllten sich etwas zu. Dudenschlupf hob den Daumen zum Zeichen, daß er wieder einmal recht behalten hatte. Der Kellner steuerte einen Tisch an, verhandelte dort kurz, aber gestenreich intensiv, dann entstand ein Geschiebe und Gewoge unter den Massen der speisenden Gäste, das nächste, was ich sah, war triumphierendes Winken Lenoirs in unsere Richtung von einem nun freigewordenen Achtertisch aus. Dudenschlupf stieß mich vor sich her zu dem Tisch.

»Als ehrbarer Bürger genießt man in dieser Stadt noch Respekt«, sagte Lenoir grinsend, als wir uns setzten.

Der schmierige Kellner stand die ganze Zeit neben dem Tisch, den Kuli erwartungsvoll auf dem schmierigen Notizblock geparkt. Wir gaben unsere Bestellung auf, Lenoir ließ sich nicht davon abhalten, uns vor dem Essen noch eine Zweiliterflasche Rotwein zu bestellen.

Nachdem der Kellner den Wein angeschleppt hatte, erhob ich den Kelch. »Auf die Phantastische Bibliothek «, sagte ich.

»Auf die Wissenschaft«, sagte Lenoir.

»Auf die Literatur«, sagte Dudenschlupf.

Wir tranken, und ehe wir uns versahen, hatte der Kellner die nächste Flasche gebracht.

»Köstliches Tröpfchen, dieser Chianti.« Dudenschlupf wischte sich den Mund mit dem Ärmel seines Jacketts. »Wir sollten noch den Magen vorwärmen, damit's Essen besser bekommt. Ich schlage vor, wir fangen mit Wodka an. Echt russischem.«

»Prost.«

»Prost.«

»Prost.«

Nach dem Wodka machten wir mit Sliwowitz weiter. Echt jugoslawischem. »Wir nähern und wieder Italien«, deklamierte Dudenschlupf.

»Prost.«

»Prost.«

»Prost.«

Das Essen wurde serviert. Für Lenoir *Pizza Calamares*, für Dudenschlupf *Lasagne Mista*, für mich *Spaghetti Quinto Stazioni*. Lenoir bekam Schwierigkeiten wegen seiner Zahnprothese und den Gummiringen auf ihrer steinharten, braunschwarzen Teigunterlage. Er mußte kräftig nachspülen, wir halfen ihm durch Solidarität.

»Prost.«

»Prost.«

»Prost.«

Lenoir hatte die Pizza an mehreren Ecken probeweise angebissen, da schob er den Teller von sich. »Ich bin immer wieder aufs neue begeistert. *Gigolo* ist wirklich der beste Italiener in ganz Wetzlar.« Mit der Papierserviette tupfte er sich sorgfältig den Mund ab. »Schmeckt's Ihnen auch, meine Herren?«

»Hervorragend.« Dudenschlupf mühte sich ab, die Fäden erkaltenden Käses entweder in den Mund oder wieder in den Napf zu bekommen.

»Ich kann nicht klagen«, bestätigte ich, während ich der Nudel nachblickte, die sich von der Gabel in den Teller ringelte.

»Ja, Herr … Wie war doch gleich der Name?«

»Kuzzath. Bertram Kuzzath.«

»Herr Kuzzath, ich hoffe, daß dieses köstliches Mahl Sie ein wenig versöhnlich stimmt.« Lenoir nahm einen herzhaften

Schluck Chianti. »Ich bin sicher, daß wir morgen Ihre Bücher ausfindig machen können. Manchmal geht eben alles schief.«

»Ich hab ihm schon die Abteilung gezeigt, wo er suchen muß.« Dudenschlupf kaute langsam auf den Käsefäden herum. »Unter *Zeitreise*. Das ist sein Gebiet. Genau wie meins. Wir sind sozusagen Brüder im Geiste, nicht wahr?«

»Dann hätten Sie ihm ja seine Bücher schon raussuchen können.« Lenoir prostete uns zu.

»Hab ich. Hab ich längst. Packen Sie doch mal aus, Ihre Eroberung!« Dudenschlupf wandte sich Lenoir zu. »Ich hab ihm erlaubt, eins mitzunehmen, damit er heute abend was lesen kann. Ich verbürge mich für ihn.«

»Schon gut.« Lenoir winkte ab. »Mit mir macht doch jeder, was er will.«

Ich kramte das zerschlissene Bändchen aus der Manteltasche und legte es auf den Tisch. Dudenschlupf nahm es, blätterte einmal mit dem Daumen von hinten nach vorn und fuchtelte Lenoir damit vor der Nase herum. »Die Zeitreise, Lenoir, ist bis jetzt nur ein gedankliches Konstrukt. Was würden Sie sagen, wenn ich Sie einlüde, in die Vergangenheit zu reisen?«

»Prost.« – »Prost.« – »Prost.«

Wir waren bei Weizenkorn angekommen, um die Verdauung zu fördern.

»Na Lenoir, was würden Sie sagen?«

»Werd ich dabei wieder jünger? Wie damals, vor fünfunddreißig Jahren?«

»Nee, das nicht gerade. Sie bleiben, wer und was Sie heute sind. Aber Sie könnten Ihre alten Freunde in jungen Jahren wiedersehen.«

»Die Freundinnen wären mir lieber.«

»Sagen Sie, Dudenschlupf, Sie sind doch Physiker. Sie veralbern uns nicht?« Es war mir tatsächlich gelungen, die Nudel längere Zeit auf der Gabel zu balancieren. Der Dicke hatte fasziniert zugeguckt.

»Ich will es mal so sagen«, erwiderte er, »wir haben am Institut etliche Versuche erfolgreich abgeschlossen. Mit Aschenbechern, roten Rosen, Mäusen und so weiter. Wie im Hollywoodfilm. Die Probe aufs Exempel fehlt aber noch.«

»Und die wäre?«

»Menschenversuche.«

»Ha! Menschenversuche!« Lenoir hatte drohend die Gabel erhoben. »Ihr Wissenschaftler werdet wohl nie klug. Ich habe schon vor Jahrzehnten gewarnt, indem ich die kritische Literatur förderte. Und da kommen Sie daher, geben sich als versponnener, aber harmloser Philosoph, der über Zeitphänomene nachdenkt, und lassen nach ein paar Schnäpsen die Katze aus dem Sack, entblößen Ihre wahre überhebliche Wissenschaftlerfratze! Dudenschlupf, ich bin enttäuscht von Ihnen. Wirklich, wie im Hollywoodfilm.«

»Sie glauben mir also, daß ich's könnte?«

»Was?«

»Zeitreisen.«

»Ach. Ist doch alles Quatsch! Vergessen Sie nicht, daß ich selbst mal Physik studiert habe.«

»Vor mehr als vierzig Jahren, Lenoir. Inzwischen sind wir mit unserem Wissen weiter vorangeschritten. Das Weltbild ändert sich laufend ein wenig, und wenn wir mit unseren Versuchen Erfolg haben, wird es sich radikal ändern müssen.«

»Die Grundlagen bleiben die gleichen.«

»Bis zu einem gewissen Grade, Lenoir. Aber dann … Sie haben sich in den letzten fünfunddreißig Jahren zwischen Ihren Büchern vergraben, haben gar nicht mitgekriegt, was draußen in der Welt vorging.«

»Und wenn schon. Sie werden doch nicht erwarten, daß ich Ihrem Tafelgeplauder den Rang eines wissenschaftlichen Vortrags einräume.«

»Meinem Geplauder nicht. Aber wenn ich Ihnen den Beweis lieferte?«

»Wie denn?«

»Wenn ich Sie in die Vergangenheit schicken würde?«

»Mich?«

»Warum denn nicht?«

»Weil ich dabei nicht jünger werde. Deshalb wär mir die Zukunft lieber, wenn Sie mich schon fragen. – Langweilen wir Sie, Herr …?«

»Nein, durchaus nicht«, antwortete ich. »Ganz im Gegenteil. Ich finde Ihr Gespräch sehr anregend. Machen Sie nur weiter. Ich suche Stoff für meine Arbeit Und – wie soll ich sagen? – der menschliche Aspekt naturwissenschaftlichen Forschens ist in der Literatur bislang viel zu kurz gekommen.«

»Prost.«

»Prost.«

»Prost.«

Der Wacholder half auch nicht richtig beim Verdauen.

»Bisher«, dozierte Dudenschlupf, und verschmierte sich Käsefäden, die mit Rotwein vermengt waren, vom Mund aus übers ganze Gesicht, »bisher ging man von einem Universum als Raum-Zeit-Kontinuum aus, dessen Zeitkomponente durch das Kausalprinzip konstituiert wird. Können Sie mir folgen, meine Herren?«

»Machen Sie nur weiter. Ich lausche.« Lenoir trommelte mit knochigen Fingern auf dem Buch herum, das der Dicke abgelegt hatte.

»Kausalprinzip konstituiert Zeitkomponente?« Ich sah fragend auf.

»Sie machen was, irgendwas, und dann passiert meist was ganz Fürchterliches«, erklärte mir Lenoir. »Die Beziehung zwischen Machen und Katastrophe ist Zeit. So meint der das.«

»Ich dachte immer, das sei Verantwortlichkeit.«

»Ja, manchmal auch. Von einer anderen Warte aus. Er aber meint *Zeit*.«

»Aha«, sagte ich. »Ich verstehe.«

»Nichts verstehen Sie, wenn Lenoir sich so unwissenschaftlich ausdrückt!« empörte sich Dudenschlupf. »Zeit ist nach dem klassischen Weltbild die Abfolge von verschiedenen Systemzuständen.«

»Was für Systemzustände denn?«

»Na, der meint das Universum als System.«

»Ah so. Ja.«

»Lenoir, Sie vereinfachen schon wieder in unzulässiger Weise! Seit Einstein wissen wir, daß es nicht das Universum als einheitliches System gibt, sondern nur als Kontinuum von Subsystemen, die nur in bezug aufeinander definierbar sind und nicht als Absolutum.«

»Aber man muß es ihm als Laien doch klarmachen. Sie können ihm nicht Ihren ganzen physikalischen Apparat um die Ohren hauen.« Lenoir hatte mir schützend den Arm um die Schultern gelegt.

»Auf möglichst einfache Art erklären: ja. Aber niemals falsch erklären. Manche Dinge sind eben nicht einfach!« beharrte Dudenschlupf.

»Prost.«

»Prost.«

»Prost.«

Der Magenbitter tat endlich die gewünschte Wirkung.

»Freunde!« strahlte Dudenschlupf und legte mir von der anderen Seite den Arm um die Schultern. »Freunde, wir wollen nicht streiten. Wir sind doch ein Team!« Und er gab mir einen dicken Kuß auf die Backe.

Lenoir wischte sich eine Träne aus dem Augenwinkel. »Liebe Freunde, laßt uns trinken, auf das Universum, auf die Zeit, auf die Jugend!«

Wir hoben die Rotweinkelche.

»Auf die schwarze Magie!« sang ich.

»Auf die Schwarzen Löcher!« stimmte Dudenschlupf ein.

»Auf den großen Zamburt!« sang ich die zweite Strophe.

»Auf wen?« brüllte Lenoir.

»Den großen Zamburt!« brüllte ich zurück.

»Hoch soll er leben …« sangen wir im Terzett. »Hoch soll er leben!«

»Was sagst du? Du bist der große Zamburt?« Dudenschlupf hatte sichtliche Schwierigkeiten, die Augen gerade zu halten.

»Ich heiße übrigens Jonathan.«

»Nein. Nicht der große Zamburt. Bertram. So heiß ich. der große Zamburt ist ein Opa von mir, oder eine Oma, ich weiß nicht mehr so genau.«

»Seine Oma ist der große Zamburt! Und ich heiße Theophil.« Lenoir kicherte vor sich hin.

»Nein, das war falsch«, korrigierte ich ihn. »Opa ist besser. Mit *Ur* davor, ich glaub ein paarmal. Von meiner Mutter aus gesehen. So 'n Ahne der Familie, der mit seinem *perpetuum mobile* durch Schwarze Löcher fuhr, bis man ihm den Führerschein abgenommen hat. Oder so ähnlich. Und dem seine Geschichte will ich schreiben. So ist das.«

»Apropos Schwarze Löcher.« Jonathan hielt sich mit einer Hand an der Tischkante fest und fuchtelte mit der andern großräumig herum. »Die Dinger hat man jetzt wirklich entdeckt. Entdeckt und vermessen hat man die. Und, Theophil, dreimal darfst du raten, was man dabei festgestellt hat. Na, sag schon!«

»Daß die so was wie Tröpfchen vom Niesen des Lieben Gottes sind.«

»Genau.«

»Und.«

»Nichts und. Sie beweisen, daß unser Universum ganz anders strukturiert ist, als wir bislang dachten. Kein Raum-Zeit-Kontinuum, sondern ein n-dimensionales, oszillierendes Netz.«

»Was bedeutet das denn?« Ich fand, Jonathan hörte sich sehr gelehrt an.

»Das bedeutet, daß wir nicht in einer Art Kiste namens Universum eingesperrt sind, sondern wie eine Spinne ein Netz knüpfen, während wir auf dem Netz herumlaufen. Und das bedeutet, daß Zeit und Materie nichts anderes sind als die Schwingungen der Netzfäden. Und das bedeutet, daß das Universum die Summe aller Netze ist. Und das bedeutet, daß man darüber ganz neu forschen muß. Und das bedeutet, daß ich es getan hab. Und das bedeutet, daß man sozusagen durch die Zeit reisen kann, indem man die Schwingungsrichtung verändert. Punkt.«

»Aha«, sagte Theophil.

»Es hat immer Menschen gegeben …« sagte Jonathan.

»Genau!« sagte ich. »Zum Beispiel den großen Zamburt oder meine Mutter.«

Die beiden sahen mich stirnrunzelnd an. Jonathan stach mit dem Finger in meine Richtung, öffnete den Mund und sagte nichts.

»Meine Mutter ist Hexe«, bemühte ich mich zu erklären. »Sie kann mit den Dämonen reden. Das sind bestimmt Wesen aus der Vergangenheit oder Zukunft, die antworten, wenn meine Mutter am Spinnfaden zupft. Und der große Zamburt, so sagt man, sei ein Prophet gewesen, der Anfang des neunzehnten Jahrhunderts schon wußte, was jetzt alles passiert, weil er mit seinem *perpetuum mobile* auf den Spinnfäden surfte.«

»Hm«, machte Theophil.

»Und was soll das mit meinem n-dimensionalen oszillierenden Netz zu tun haben?« Jonathan stach noch immer mit seinem Finger in meine Richtung.

»Ja …« Ich zögerte, sah mich nach Theophil um. Der versteckte sich hinter dem Weinglas. »Ist doch klar. Oder etwa nicht?«

»So 'n Blödsinn«, murmelte Theophil. »Oszillierende Netze, Hexen, Spinnfäden …«

Jonathan wischte mit einer Handbewegung den Einwand beiseite. »Wer weiß. Ich stöbere nur deshalb in den ganzen Büchern rum, um die Kulturgeschichte nach Ereignissen zu durchforsten, die sich mit unserer neuen Vorstellung vom oszillierenden Netz erklären lassen.«

»Nun aber Schluß mit diesem hanebüchenen Quatsch!«
Theophil ereiferte sich regelrecht. »Dem Goethe hat man
auch schon so was anzuhängen versucht. *Faust II* als Zeitrei-
segeschichte! Nur weil er mit der Zeitanordnung dort spiele-
risch umgegangen ist. Wo man was sucht, da findet man auch
was, und wenn's in Wolken Gesichter oder UFOs sind. Jonathan, Jonathan! Ich dachte immer, du würdest seriöse For-
schung treiben. Ich bin enttäuscht von dir!«

Ich sah meine Stunde gekommen. Das Bild rundete sich
mehr und mehr. Nach einem ausgiebigen Schluck Rotwein
trumpfte ich auf: »Der Goethe wußte wahrscheinlich wirklich
mehr, als man heutzutage denkt. Unsere Familiengeschichte
besagt nämlich, daß der große Zamburt den Goethe sehr gut
kannte, sogar befreundet mit ihm war. – Na, was sagt ihr
jetzt?«

Sie sagten gar nichts. Sie sahen mich nur schief an, einer
von links, der andere von rechts. Beide nuckelten an ihren
Schnapsgläsern.

»Warum denn nicht?« wurde ich ungeduldig.

»Weil die Idee mit dem Netz der größte Schwachsinn ist,
den ich je gehört habe.« Theophil schlug mit der knochigen
Faust auf das Buch.

Jonathan bohrte sich in der Nase.

»Weil wir«, nuschelte er, »wenn dem so wäre, heute davon
wissen müßten. Der Goethe hätte nämlich einen entspre-
chenden Zeitfaden gesponnen. Da wir aber nichts davon wissen, gibt es den Zeitfaden auch nicht. Und da es den Zeitfaden nicht gibt, war es auch nicht so. Ansonsten gäbe es para-
doxe Situationen mit Verdoppelungen, Endlosschleifen und
so weiter. Das Netz würde reißen, sich zumindest verheddern.
Das Netz ist aber nicht gerissen und auch nicht verheddert,
und das Netz ist logisch geknüpft und nicht paradox. Darum
nicht.«

»Eben. Darum nicht!« äffte Theophil Jonathan nach. »Und
vor allem, weil das alles Quatsch ist.«

169

»Prost.«

»Prost.«

»Prost.«

»Das ist kein Quatsch!« sagte Jonathan.

»Das ist doch Quatsch!« sagte Theophil.

»Das ist spannend«, sagte ich.

Sie schwiegen wieder, glotzten mich glubschäugig an.

»Spannend«, wiederholte ich. »Ihr könnt euch bis in alle Ewigkeit streiten. Aber wenn Jonathan wirklich diese Maschine hat, warum machen wir nicht die Probe aufs Exempel? Ich wollte schon immer den Goethe persönlich kennenlernen. Der lebte doch eine Zeitlang in Wetzlar. Dürfte nicht schwer sein, ihn zu erwischen. Ganz nebenbei treffe ich vielleicht den großen Zamburt, der mir seine Geschichte live erzählt, die ich dann endlich schreibe. Und keiner kann mir mehr kommen und mich als Plagiator beschimpfen. Und euer Streit wäre entschieden.«

»Wieso Plagiator? Ich dachte, du recherchierst gerade deshalb in der *Phantastischen Bibliothek*.« Theophil rieb sich gedankenversunken die Nase.

Und dann kam ich endlich dazu, den beiden gegenüber eine Beichte abzulegen, daß ich eigentlich ein verkrachter Schriftsteller bin, dem die Ideen nicht ausgegangen sind, sondern der nie welche gehabt hat und der deshalb auf eine alte Familiensaga zurückgriff, das Ganze ein bißchen ausschmückte und mit jeweils einer Prise von Mutters und Vaters speziellen Interessen würzte. Daß dies aber bislang nur als vage Skizze vorliegt, die ich an kompetente Stellen einreichte. »Jemand muß eine solche Geschichte bereits geschrieben haben«, beendete ich meinen Vortrag. »Deshalb ist es für mich wichtig, an neuem Stoff heranzukommen, wie zum Beispiel aus erster Hand an die wahre Geschichte des großen Zamburt.«

Die beiden hatten mir schweigend zugehört. Schließlich räusperte sich Jonathan. »Nee, mach ich nicht mit.« Er wirkte entschieden und gleichzeitig unglücklich.

»Doch. Die Idee ist gut.« Theophil sah ihn herausfordernd an. »Wenn du die Maschine hast, beweise, daß sie funktioniert.«

»Nee, mach ich wirklich nicht mit! Wir haben noch nie einen Menschen reingesetzt. Wo bleibt deine Ethik? Vorhin hast du noch eifrig für sie gestritten.«

»Ganz einfach. Ich behaupte, du hast die Maschine gar nicht, also kann ihm – wie heißt er noch gleich? – nichts passieren. Und indem du jetzt kneifst, entlarvst du dich selbst als schamlosen Lügner.«

»Tu ich mich nicht.«

»Tust du dich doch.«

»Ich werd's dir beweisen.«

»Bitte. Beweise es!«

»Jetzt sofort?«

»Warum nicht?«

»Weil jetzt nachts ist.«

»Ach, schlafen deine Zeitspinnen nachts?«

»Nein. Aber im Labor ist keiner.«

»Umso besser für dich. Dann kriegt außer uns wenigstens keiner deine Blamage mit.«

Jonathans Hände spielten mit dem Buch. In seinem Gesicht arbeitete es. »Also gut«, sagte er langsam. »Ich werde euch beweisen, daß ich recht habe. Wir trinken noch einen, und dann gehen wir.«

Ich bekam es jetzt doch mit der Angst zu tun. »Wir werden einen Unfall bauen. Wir sind alle drei blau. In dem Zustand können wir nicht nach Gießen fahren.«

»Brauchen wir gar nicht«, winkte Theophil ab. »Der da hat sein Labor in Wetzlar, auf der anderen Seite der Lahn. Vor drei Jahren sind sie ausgelagert worden mit ihrem Institut, weil die viel Platz brauchen und Bauland in Gießen zu teuer ist. Wir können zu Fuß hin. Macht dir auch den Weg zu Goethe kürzer.«

»Prost.«

»Prost.«

»Prost.«

»Darf ich?« Ich deutete auf die herrenlose Pizza neben Theophil. »Wer weiß, wann ich wieder was zu essen kriege, ha, ha, ha!«

»Ja bitte. Bedien dich. Vorzüglich das Essen.«

Ich machte mich über die kalte Pizza her, aber sie wollte mir nicht richtig schmecken. Vielleicht war der Wein zu sauer oder zu süß – je nach dem.

Als wir aufbrachen, hielt mich Jonathan am Arm fest. »Vergiß dein Buch nicht. Wenn es wegkommt, wird Theophil böse. Ich habe für dich gebürgt!«

Ich steckte es in die Manteltasche. Erst jetzt wurde mir bewußt, daß wir die letzten Gäste bei *Gigolo* waren.

Als ich unser Zimmer betrete, merke ich sofort, daß Franziska weint. Sie sitzt auf einer Ecke des Betts und schaut kurz hoch. Sie bemüht sich zu lächeln. Ich bleibe ratlos stehen, wollte ich ihr doch gerade erzählen, wie gut der heutige Tag verlaufen ist. Statt dessen stehe ich nur da und schweige.

»Mach doch die Tür zu«, sagt Franziska.

Ich drehe die Petroleumlampe etwas höher, weil das Dunkel plötzlich schwer auf mir lastet. Franziska umarmt mich, aber ihre Hände sind kalt. Mir ist, als wollte sie mich nur festhalten. Doch weshalb sollte ich sie verlassen? Ich wüßte nicht einmal wohin.

»Einer der Bauern aus dem Dorf war heute in der Stadt. Er sah mich und tuschelte mit dem Wirt. Laß uns von hier weggehen.«

»Aber wohin denn? Wir können nicht ewig fliehen.«

»Wir können zu dir nach Hause an den Rhein. Da kennt mich niemand. Da wird man uns keine peinliche Fragen stellen.«

Ich erschrecke, denn zu Hause muß es im Augenblick hoch hergehen. Ich krame in meinen Erinnerungen, ohne ein genaues Bild zu bekommen. Warum habe ich auch in der Schule nicht richtig aufgepaßt! »Franziska, das Risiko ist zu groß. Ich glaube, zu Hause herrscht krieg, zumindest gibt es Unruhen. Ich weiß nicht genau, ich weiß nicht einmal genau, wa… wo wir hier sind.«

Im Schein der Petroleumlampe glänzen ihre Augen feucht. Franziska hat mich losgelassen und sieht mich an. Sieht mich nur an.

»Was hast du?« frage ich.

Sie wendet sich ab. »Du brauchst mich nicht mehr zu belügen«, sagt sie endlich.

Etwas preßt mir das Herz zusammen. »Ich habe dich nicht belogen.«

»Ich weiß, daß du mich nicht belügen wolltest. Ich weiß auch, daß du mir nicht sagen durftest, wer du bist und woher du kommst. Ich begreife nicht alles. Aber ich begreife, wie einsam du bist.«

»Wovon sprichst du überhaupt.«

Franziska deutet auf ein Buch mit abgegriffenem Einband, das sie auf die Spiegelkommode gelegt hat. »Ich fand es in deinem Mantel, als ich ihn säubern wollte. Das Futter ist zerschlissen, und das Buch war ins Loch gerutscht. Großvater hat mir Lesen und Schreiben beigebracht. Als du weg warst, habe ich das Buch gelesen. Ich kenne deine Geschichte jetzt.«

Der Weg zu Dudenschlupfs Labor war weiter, als ich angenommen hatte. Zumindest schafften wir ihn nicht aus eigener Kraft. Auf der Lahnbrücke mußte sich zuerst Theophil über die Brüstung beugen, dann Jonathan. Mein Magen war wohl robuster.

»Herrjeh!« stöhnte Jonathan. »Ich glaub, ich hab mir was eingefangen. Eine Darmgrippe oder so. Mir geht's gar nicht gut.«

»Komm, auf! Hier wird nicht gekniffen.« Theophil wischte sich mit seinem schmuddeligen Taschentuch den Mund.

»Deine Grippe kannst du morgen noch auskurieren. Jetzt will ich erst mal Zeitspinnen in Aktion sehen.«

Wir stützten Jonathan, einer rechts, einer links, und zerrten ihn bis ans Ende der Brücke. Ihm mußte es wirklich schlecht gehen. Er schwankte so stark, daß wir ihn nicht geradehalten konnten. Ein Polizeiauto fuhr schon die ganze Zeit im Schrittempo neben uns her.

»Mann, verpißt euch, Bullenpack!« schrie Jonathan, ehe wir ihm das Maul zuhalten konnten. »Habt er noch nie 'n Besoffenen gesehn?«

Das Polizeiauto hielt an. Theophil ließ unseren Kumpel los, der sofort zu Boden sackte, und stützte sich schwer auf den grün-weiß lackierten Wagen.

»Wachtmeister, ist alles in Ordnung. Der da …«, und Theophil deutete in die Richtung, wo Jonathan gerade noch gestanden hatte, »der da hat 'ne Zeitmaschine erfunden und auf den Erfolg 'n bißchen wüst gefeiert. Ist ansonsten alles in Ordnung. Ich danke Ihnen für Ihre Hilfsbereitschaft.«

Er hatte gar nicht bemerkt, daß der Fahrer des Wagens längst ausgestiegen war. Als er Theophil auf die Schulter tippte, fiel dem fast die Brille von der Nase.

»Ihren Ausweis bitte«, sagte der Uniformierte freundlich.

Au weia, dachte ich und kramte synchron mit Theophil nach dem Papier. Natürlich hatte ich weder Ausweis noch Führerschein noch sonst eine Urkunde bei mir. Mußte ich in der Bibliothek liegengelassen haben.

»Herr Lenoir«, hörte ich den Polizisten. »Es ist besser, wenn Sie und Ihre Kollegen schnellstens nach Hause gehen. Wir lassen Ihnen ein Taxi kommen, und dann schlafen Sie sich erst mal richtig aus. Kapiert?«

Wir drei nickten brav. Jonathan sah so elend aus, daß er es wohl wirklich ernst meinte.

Als das Taxi kam, ließen wir uns dankbar auf die Rückbank fallen. Der Polizist nannte dem Fahrer Theophils Adresse und verabschiedete sich zackig.

»Na meine Herren, wo soll's denn nun hingehen?« Der Taxifahrer grinste anzüglich. »Noch'n bißchen zu *Aladins Wunderlampe*? Soll 'ne geile Nacktshow heute abend sein.« Die beiden erklärten ihm ziemlich umständlich und durcheinander den Weg zu Jonathans Labor.

»Mann, seid ihr 'n paar dröge Typen!« murrte der Taxifahrer. »Ich glaub kaum, daß die von der Uni mir 'ne Provision zahlen. Das Programm in der *Wunderlampe* soll wirklich Spitze sein. Überlegt's euch noch mal!«

»Warum eigentlich nicht?« sagte Jonathan.

»Weil du dein Maul so voll genommen hast und jetzt dafür geradezustehen hast«, blieb Theophil starrsinnig.

»Und was meint euer Dritter?« Der Taxifahrer schaute sich nach uns um. »Ich denke, ihr solltet demokratisch entscheiden.«

Natürlich. An mir blieb's wieder hängen! »Einerseits«, begann ich, »also einerseits ist 'ne richtig geile Show so richtig geil …«

»Sag ich doch die ganze Zeit«, ließ sich Jonathan aus den Polstern vernehmen, in die er tief gesunken war.

»… andererseits«, fuhr ich fort, »also andererseits ist so 'ne Zeitreise die geilste Show, die ich mir vorstellen kann.«

»Alles klar!« Theophil tippte dem Fahrer auf die Schulter. »Ins Labor bitte.«

Das Gebäude war ein weitläufiger Flachbau inmitten eines kleinen Parks und sah gar nicht danach aus, daß man dort die Grundfesten des Universums zum Erschüttern bringen wollte. Jonathan fummelte umständlich mit seinem Schlüssel am Schloß herum.

»Laß mich mal!« Theophil nahm ihm den Schlüsselbund einfach aus der Hand.

»Seid bloß leise! Wenn der Nachtwächter uns erwischt, gibt's Stunk. Und wenn wir drin sind, nicht das Licht im Foyer anmachen.« Jonathan war an ein Gebüsch getreten und ließ ein paar Liter Rotwein ab.

175

»Ist offen«, flüsterte Theophil endlich.

»Psst!« mahnte Jonathan. »Rechts rum, die Treppe runter in den Keller.«

Theophils Fluchen verriet, daß er die Treppe erreicht hatte. Unten konnten wir Licht anmachen. Ein langer Gang aus gekälkten Ziegelsteinen lag vor uns. Rechts und links gingen Stahltüren ab. Überall gab es gelbe Warnschilder, von denen uns Totenschädel angrinsten. *Vorsicht radioaktiv! Achtung Laser! Eintreten nur bei grünem Licht!* und ähnliches stand darauf.

»Stört euch nicht drum«, sagte Jonathan. »Die hat unser Sicherheitsbeauftragter anbringen lassen. Der ist ziemlich neurotisch.«

Vor einer Tür, die mit solchen Schildern behängt war wie ein sowjetischer Feldmarschall mir Orden, machten wir halt. Über ihr blinkte aufdringlich ein rotes Licht.

»Hier sind wir.« Jonathan hatte jetzt weniger Schwierigkeiten aufzuschließen. Er fand den passenden Schlüssel auf Anhieb. »Ist sozusagen mein zweites Zuhause. Wenn ich nicht in der Bibliothek bin, halte ich mich meist hier auf. Die Kollegen machen sich schon lustig über mich.« Er gab der Tür einen Tritt, so daß sie mit einem lauten Knall offenflog.

Ich muß sagen, daß ich ein wenig enttäuscht war. Ich kann nicht genau beschreiben, was ich erwartet hatte, aber dieses Durcheinander der Bude eines bastelfreudigen Junggesellen kam mir ganz und gar nicht futuristisch vor.

»Trinken wir erst mal einen.« Jonathan war zum Spind gegangen. Von der Innenseite der Tür blickte eine splitternackte Walküre auf uns herunter. Mein Gott, dachte ich, der läßt aber auch gar kein Klischee aus.

Jonathan räumte schnell formelübersäte Papiere, eine Kaffeetasse, einen Lötkolben und eine Thermoskanne beiseite und stellte die Flasche auf die braunen Kringel und Flecken, die den Tisch zierten. »Meine Herren, das ist also die Zeitmaschine, oder besser gesagt, das Experimentalmodul. Die eigentliche Maschine steht hier drunter, vierzig Meter tief in die Erde gegraben. Was wir sehen, ist eine Art Terminal.«

»Interessant«, sagte Theophil. »Sieht genauso aus wie bei meinem Neffen. Der ist Computerbastler.«

»Bevor du mir blöde kommst, trink erst 'nen Schluck!« Jonathan entkorkte die Flasche. »Hab leider keine Gläser. Sind mir abhanden gekommen. In der Steinzeit oder so.« Er reichte die Flasche herum. Edles Tröpfchen, dachte ich. *Cognac Napoléon*, zumindest in diesem Punkt zeigt er Geschmack. Die Walküre grinste mich aus dem Spind vielversprechend an.

Wir tranken schweigend.

»So, jetzt habt ihr genug gesehen. Wenn wir uns beeilen, kriegen wir den Striptease noch mit.« Jonathan prostete der Walküre zu und nahm einen kräftigen Schluck.

»Wie, genug gesehen?« Theophil blinzelte hinter seiner Brille. »'n Lötkolben, 'n paar Drähte, 'n Cognac und 'n Pin-up-Girl haben wir gesehen. 'n bißchen mehr dürfte es schon sein! Los, führ mal was vor!«

»Wie denn? Die steigen mir aufs Dach, wenn die meinen Energieverbrauch abrechnen sollen. Wir sind hier im Öffentlichen Dienst. Muß alles beantragt werden in achtfacher Ausführung. Dann wird der Käse dem Umweltamt, der Ethikkommission, der Technikabfolgenkommission und dem Rat der BürgerInneninitiativen für Richtiges Leben vorgelegt, und wenn du dann Glück hast, geht's zur Sexismus-Überwachungsstelle, zum Tierschutzbund und zu Greenpeace, und wenn du noch mehr Glück hast, bewilligen die dir drei Prozent von dem, was du wolltest, unter strengsten Umwelt- und Ethikauflagen. Nee, so einfach ist das nicht: Hahn aufdrehen und ab geht die Post. Muß alles seine Ordnung haben.«

»Ach, stell dich nicht so an! So schlimm ist's nun auch wieder nicht.«

»Du hast ja keine Ahnung. Du mit deinen Büchern brauchst nur vor der *Gesellschaft für Ökologische Korrektheit* und vor dem *Bund für Sauberkeit in den Medien* anzutanzen, und wenn du die Schmuddelbilder auf den Umschlägen hinter Erbauungsbildchen versteckst, kriegst du bei den kurzsichtigen Stricktanten alles durch, was du haben willst. Wir aber stehen sozusagen an vorderster Front des Fortschritts, den heutzutage kein Arsch mehr haben will.«

»Red dich nicht raus! Ich weiß genau, daß ihr einen festen Etat für das Projekt habt und nicht jede einzelne Ausgabe rechtfertigen müßt. Ich hab doch gleich gesagt, daß du nur angibst.« Theophil warf mir einen triumphierenden Blick zu.

»Ich gebe nicht an.«

»Gibst du doch.«

»Nein.«

»Doch.«

»Nein.«

»Doch.«

»Mensch, hört auf!« Mir wurde die Sache langsam zu dumm. Außerdem hatte ich Schwierigkeiten beim Stehen. Ich ließ mich auf die Couch fallen. Ein paar von den undefinierbaren Sachen darauf hüpften hoch und wieder runter. »Eigentlich wollte ich nur den Goethe sehen.«

Ich nahm die Drähte, die neben mir als verschlungenes Knäuel lagen, in die Hand und betrachtete sie ausgiebig. Einige endeten in Haftschalen wie die Elektroden beim EKG. »Wofür is'n das gut?«

»Zum Anschließen. Wofür denn sonst?« Jonathan klang giftig.

»Wie – zum Anschließen?«

»Zum Anschließen eben.« Theophil grinste.

Ich hielt eine der Haftschalen an mein Handgelenk. »So etwa? Zum Blutdruckmessen, oder was?«

»Nee. Für'n Kopf. Der tastet deine Gehirnimpulse ab und überträgt sie auf den Rechner. Braucht man zum Zeitreisen.«

»Braucht man eben zum Zeitreisen.« Theophil zuckte die Schultern.

»Verarschen kann ich mich alleine! Ihr glaubt mir ja doch nicht. Deshalb sollten wir jetzt gehen.« Jonathan nahm die Flasche und stellte sie in den Spind zurück.

»Nicht doch.« Theophil war auf einmal die Liebenswürdigkeit in Person. »Jetzt, wo wir schon mal hier sind ... Ich denke, ein ganz kleines Experiment kannst du uns doch vorführen. Hier meine Uhr. Einen Tag in die Zukunft. Ich hole sie morgen wieder ab. Ist doch völlig risikolos für dich. Du brauchst sie nur liegenzulassen. Ich bin großzügig, ich verrate auch nichts.«

»Mann, der treibt mich zur Weißglut«, stöhnte Jonathan in meine Richtung. Dann wandte er sich wieder Theophil zu. »Also gut. Ich werde den Beweis antreten. Gib die Uhr her. Vor deinen Augen wird sie verschwinden. Hat die 'ne Datumsanzeige? Ja, prima. Morgen mittag, punkt Zwölf wird sie wieder auftauchen und Datum und Uhrzeit von jetzt anzeigen. Wenn du willst, kannst du die ganze Zeit hierbleiben und aufpassen, daß ich keine Tricks mache.«

Er zog einen angeschimmelten Plastikvorhang neben der Couch halb zur Seite. Noch mehr Drähte und ein Computerterminal wurden sichtbar. »Die Steuerung muß ich dem Rechner überlassen«, erklärte er. »Er kickt den in einer Ebene schwingenden Zeitfaden der Uhr um eine Winzigkeit in eine andere Ebene. Alles klar?«

»Red nicht so viel, fang lieber an!« Theophil hatte sich neben mir auf der Couch niedergelassen. Er nahm auch ein Drähteknäuel in die Hand. »Und vergiß nicht das EKG bei der Uhr. Nicht daß deshalb noch was schiefläuft.«

Jonathan bediente für uns unsichtbar eine Maschine. Immerhin, das Licht flackerte einen Augenblick, und dann erfaßte ein urtümliches Grollen und Brummen den ganzen Raum. »Jetzt wird Energie aufgeladen!« rief Jonathan. »Man braucht ziemlich viel, um die Zeitschwingungen aus dem Takt zu bringen. Je mehr Elemente synchron laufen, desto größer die Synchronizitätsstabilität. Ist so ähnlich wie mit der

Schwerkraft. Je mehr Masse, desto mehr Gravitation. Ist im Grunde sogar das gleiche. Würde aber zu weit führen, das jetzt zu erklären.«

Das Brummen und Grollen hatte sich zu höheren Frequenzen emporgekämpft, war eigentlich schon eher ein Singen. Theophil hielt sich die Elektroden an die Schläfen und nickte mir aufmunternd zu.

»Müßte langsam Saft drauf sein. Vielleicht werde ich jetzt wieder jünger.« Und dann verdrehte er die Augen wie ein Junkie, dem der flash ins Hirn fährt.

»Hör auf!« schrie ich und konnte nur Jonathan meinen, denn Theophil war offenbar für äußere Einflüsse nicht mehr zugänglich.

»Was?« kam es durch das Sirren und Kreischen hinter dem Vorhang hervor. »Gleich ist die Energieamplitude erreicht, und dann geht's erst richtig los. Dann geh'n in der Stadt die Lichter aus, wenn die im Elektrizitätswerk pennen!«

»Hör auf! Theophil hat sich die Elektroden angelegt!«

»Was? Ich versteh kein Wort bei dem Krach!«

»Aufhören!« brüllte ich.

»Kommt noch viel besser, Jungs! – Jetzt alle Mann festhalten!«

Das Kreischen erreichte die Schmerzgrenze. Ich riß Theophil die Elektroden vom Schädel. Ein Zucken durchlief seinen Körper, er blickte mich verdattert an. »Mannomann«, stöhnte er, »wie macht er das bloß? Viel besser als eine Flasche Wodka ex.«

»Was war denn los mit dir?« schrie ich ihn an. In der plötzlich eingetretenen Stille kreischten meine Worte durch den Raum.

»Wir sind bis zum Bersten mit Energie aufgepumpt.« Jonathan ließ von seiner Maschine ab. Als er Theophil mit den Elektroden in der Hand sah, wurde er blaß. »Bist du verrückt geworden? Hast du se nicht mehr alle? Leg die Dinger weg – aber sofort!«

»Warum denn?« Theophil mimte den Treudoofen. »Solltest du auch mal probieren. Ist'n tolles Gefühl.«

»Hat der … hat der etwa …?« Jonathan sah mich hilfeflehend an.

Ich nickte. »Ja sicher hat der.«

»Wie? Und der lebt noch?« Er faßte Theophil an den Haarkranz, an die Nase, an die Brille und wich einen Schritt zurück, als hätte er ein Gespenst vor sich. Theophil grinste dümmlich vor sich hin. Jonathan schüttelte den Kopf, ging zum Spind, kramte die Cognacflasche mit zittrigen Fingern wieder hervor und bediente sich ausgiebig.

»Ich hätte euch hier nicht hinführen dürfen. Ich hätte mir denken können, daß ihr nur Mist baut.« Und dann kläffte er Theophil an, dem darob Dümmlichkeit nebst Grinsen verging: »Menschenskind, ich hab dir doch gesagt, daß alles echt ist! Setzt der sich den Desynchronisator auf den Kopf, während ich Energie auflade und der Rechner noch die Schwingungsparameter sucht! Du hättest dabei auseinanderfliegen können, zerstäubt in deine subatomaren Partikel, jedes auf einer anderen Zeitebene schwingend. Ehrlich, du machst mir Spaß!«

Er war Theophil um den Hals gefallen. »Sag doch was! Bist du normal geblieben? Wie fühlst du dich?«

»Prima. Ich kann nicht klagen. War nur'n bißchen kurz. Als ich dachte, jetzt komm ich erst richtig in Fahrt, riß mir dieser Idiot die Dinger runter.«

»Los, erzähl! Was ist mit dir passiert?«

»Ja was schon. War so ähnlich wie bei Zweitausendundeins. Als der Typ durch das Schwarze Loch fiel. Kann ich jedem empfehlen. – Den Film übrigens auch. Tolle Traummaschine, die ihr gebaut habt.«

»Theophil!« Jonathans Stimme klang beschwörend. »Das ist keine Traummaschine. Das alles ist echt.«

»Komisch, ich hab mir Zeitmaschinen immer anders vorgestellt«, kam endlich auch ich wieder zu Wort. »Das hier sieht eher aus wie ein Zwischending von psychiatrischer Couch und der Kulisse eines *B-pictures*.«

»Ist es ja auch im wesentlichen.« Jonathan nahm noch einen tiefen Schluck. »Aber euch Ignoranten was erklären zu wollen ist wie 'ner Kuh die Grundprinzipien des Elektrozauns zu predigen.«

»Ah, ich verstehe«, sagte Theophil, während er die Elektroden hochhielt. »Diese Dinger sind so was wie der Elektrozaun.«

»Quatsch. Der Rechner ermittelt die Schwingungsparameter, auch die der Hirnströme, rechnet sie um und schickt sie zurück ins Gehirn, wo wir durch eine Art Resonanzschwingung den Anstoß geben, daß die Versuchsperson nicht nur körperlich, sondern auch geistig ihre Schwingungsebene verläßt und im Netz quer oder parallel oder wie auch immer eine neue Zeitbahn einschlägt, wo sie neu synchronisiert wird. Mit anderen Worten, die Person reist durch die Zeit.«

»Und so was macht ihr mit den armen Schweinen, die sich von euch bequasseln lassen?« Theophils Brille wippte aggressiv auf seiner Nase.

Jonathan schüttelte den Kopf. »Bis jetzt noch nicht. Vor allem die Mediziner sind sich nicht sicher, ob sie bislang alle Parameter ermitteln konnten. Ich bin aber überzeugt, daß wir die Zeitreise machen könnten. Mäuse und Papageien haben alles gut überstanden.«

»Ah ja. Gut überstanden. Ich nehme an, ihr habt sie hinterher interviewt.«

»Untersucht, ja.«

»Ich habe interviewt gesagt!«

»Mein Gott, Theophil! Sei doch nicht so kleinkariert! Papagei blieb Papagei und krächzte die gleichen blöden Sprüche wie zuvor. Und Maus blieb Maus. Setzte nach dem Experiment 'ne Menge gesunder junger Mäuse in die Welt. Also bleibt man auch in dieser Hinsicht intakt. Im Grunde haben wir alles genau unter Kontrolle. Kein Problem.«

»Hm«, machte Theophil.

»Wenn dem so ist, was steht einem Besuch bei Goethe im Weg?« Ich wunderte mich über meinen tollkühnen Vorstoß. Die Vorstellung erzeugte ein angenehmes Kribbeln im Bauch, das dieses langsam stärker werdende Gefühl der Orientierungslosigkeit wenigstens für einen Moment überlagerte. »Wenn ihr einen Freiwilligen braucht ... Ich bin bereit. Aber macht schnell, mir wird nämlich schlecht.«

»Nicht doch!« Theophil hatte meine Hand gefaßt. »Du willst dich doch wohl nicht der Höllenmaschine ausliefern?«

»Warum nicht?« Ich rülpste. »Das erspart euch wenigstens die Peinlichkeit, mich kotzen zu sehen.«

Jonathans Blick hatte auf einmal etwas Lauerndes. »Du willst also wirklich?«

Ich mußte eine nickende Bewegung gemacht haben, weil der Magen schon wieder kopfstand.

»Das Energiepotential ist aufgebaut. Wir könnten. Junge, Junge, wir wären die ersten. Echte Pioniere! Der braucht sich nur entspannt hinzulegen und die Elektroden aufzusetzen. Wir stellen ihn so ein, daß er eine Woche lang bei Goethe rummarschieren kann und nach unserer Zeit, sagen wir, in einer Stunde wieder hier ist. Das einzige, was er tun muß, ist, sich verabredungsgemäß an Ort und Zeit zu halten, damit ich ihn fokussieren kann. Sonst geht er uns nämlich verschütt.«

Ich hatte mich schon freiwillig auf die Couch gelegt, weil der Kopf mir herabzufallen drohte. Theophil war weggerückt und sah mir schweigend und mit gerunzelter Stirn zu. Jonathan befestigte die Elektroden an meinen Schläfen, ich wollte sie wegwischen, griff aber beim Versuch, seine vier Hände festzuhalten, immer wieder ins Leere.

»Und mach keinen Quatsch, wenn du angekommen bist«, mahnte er. »Nicht an der Geschichtsschraube drehen, so was wie Napoleon umbringen zum Beispiel. Ich bin mir nämlich noch nicht sicher, wie stabil das Netz ist, ob und wie es Brüche abzufedern imstande ist.«

Eine Welle von Übelkeit überschwemmte mich. Ich nickte kraftlos.

»Ist das nicht gefährlich?« hörte ich Theophil wie von weitem. »Man kolportiert ja allerhand, was bei so was passieren kann.«

»Ach, Quatsch. In einer Stunde ist er wieder hier als glücklichster Mensch auf der Welt. Hat einen kleinen Schritt getan wie Armstrong und mit Goethe geplaudert. Was will er mehr? Und für dich als Chef der Bibliothek sollte es die größte Stunde deines Leben sein. Authentisches über den größten Dichter Deutschlands.«

»Na, ich weiß nicht, so dreckig wie es dem geht ... Hier, steck wenigstens das ein. Ich hab dir die wichtigsten Daten auf den Zettel geschrieben.« Und ich bemerkte, wie sich Theophil an meiner Manteltasche zu schaffen machte.

»Nachher funktioniert das Ding wirklich«, murmelte er, »und ich müßte mir Vorwürfe machen ...«

»Auf wann soll ich einstellen?« rief Jonathan aus noch größerer Ferne. »Der sagte was von Anfang neunzehntes Jahrhundert.«

»Ein bißchen spät. Versuch's mal mit siebzehnhunderzweiundsiebzig.«

»Wie? Achtzehnhundertsieben?«

»Siebzehnhundertzweiundsiebzig hab ich gesagt.«

»Scheiße! Jetzt geht die Post ab. Ich hab mich vertan ...«

Die Stimme aus dem Hintergrund verlor sich in Ferne. Vor meinen Augen fing es an zu flimmern, die Neonleuchte, die mir soeben noch als Haltepunkt fürs Auge gedient hatte, löste sich in alle Regenbogenfarben auf und zog sich in seltsam gekurvter Bahn in die Länge, der Magen konnte sich nicht mehr entscheiden, ob er Kopfstand oder Liegestützen machen sollte, und dann fiel ich, ich fiel, wie mir schien immer schneller, in eine nicht enden wollende Schwärze ...

Da liegt das Buch, das ich ganz vergessen hatte, auf der Spiegelkommode. Außer den Kleidern der einzige Bezug zu meiner Zeit. Es liegt da, als wollte es mich verhöhnen. *»Lies mich! Lies mich! Lies mich! Und die Augen werden dir übergehen.«* Franziska ist hinter mich getreten und schmiegt ihr Gesicht an meinen Nacken. »Wenn wir in Not geraten sollten, schreibst du es ab und läßt es unter deinem Namen neu drukken. Es wird bestimmt gekauft. Und niemand kann dir einen Vorwurf machen, denn wie da drinsteht, ist es noch gar nicht erschienen. Es ist genauso, als wenn es noch gar nicht geschrieben worden wäre.«

Ich setze mich auf den einzigen Stuhl vor der Spiegelkommode, berühre vorsichtig mit den Fingerspitzen den Umschlag. »Du, Buch, du bist noch nicht geschrieben worden«, sage ich. – *Und was ist mit mir?* fragt mein Spiegelbild. »Jonathan Dudenschlupf«, sage ich zum Buch, »wußtest du wirklich nichts davon?«

In den einander schräg gegenüber gestellten Spiegeln sehe ich Franziskas Silhouetten. Ihr Bauch rundet sich bereits, bis in die Unendlichkeiten der Spiegelbilder.

»Nun?« höre ich Franziskas leise Stimme.

»Ich kenne das Buch nicht«, sage ich.

»Ich weiß. Lies es.«

Ich öffne das Buch und schaue auf das vergilbte Titelblatt. – *Zamburt, warum tust du mir das an?* In verblichenen Lettern, doch deutlich lesbar steht dort:

Zamburt Zarthek
EIN MEISTERWERK DER WELTLITERATUR

Ich spüre die Arme Franziskas. Sie hindern mich am Fallen. Mein Blick verliert sich in den Spiegeln. Endlos ... endlos ...

»Lies, du mußt es vollenden.«

Ich blättere um und beginne zu lesen:

Zumeist sind es Banalitäten, die einem Pionier im Augenblick des Triumphs das heroische Gefühl verleiden. Zum Beispiel Kopfschmerzen, unerträgliche Kopfschmerzen. Alles stöhnte nach Linderung, doch die Manteltaschen gaben ausgerechnet jetzt den Notvorrat an Aspirin nicht frei. Weit und breit keine Apotheke. Warum auch? Der Boden schwankte im Rhythmus meines Pulses. Ich setzte mich in die feuchte Wiese, hielt mich an den Grashalmen fest. Es war dunkel. Langsam wurde mir klar, daß ich als erster den Weg geschafft hatte, daß ich meinem Ziel nahe war. Eigentlich hätte ich singen müssen vor Begeisterung und übermütig lachen: endlich frei zu sein, Herr zu sein wie nie jemand zuvor. Dabei war mir nur schlecht. – Welchen Weg, welches Ziel denn? Wovon frei sein, Herr sein? Ich kotzte. Pizza und Schnaps und Rotwein. Ich kroch tiefer in den Mantel, wartete, wartete bis der Tag graute. Ganz nah stand schwarz die Wand eines Waldes. Ich spürte seinen Atem, verlor mich in ihm. Die Augen fielen mir zu ...

Quellenangaben

Uwe Durst: Fliedertee
erstveröffentlicht in »Phantasmagoriana«
Uwe Durst: Die Peinigung
erstveröffentlicht in »Der Obstdieb«
Uwe Durst: Der Magier
erstveröffentlicht in »Das Bestiarium«
Uwe Durst: Der Puppenmacher
erstveröffentlicht in »Phantasmagoriana«

Uwe Appelbe: Wahltag
Erstveröffentlichung
Uwe Appelbe: Weltzerstörer
Erstveröffentlichung
Uwe Appelbe: Sommertag
Erstveröffentlichung

Andreas Fieberg: Hirngespinst
erstveröffentlicht in »Lasset uns Menschen machen«
Andreas Fieberg: Pfeiffkonzert
erstveröffentlicht in »Das Alien tanzt Kasatschok«
Andreas Fieberg: Eine Million Affen
erstveröffentlicht in »Das Alien tanzt Polka«
Andreas Fieberg: Zirkelschluß
erstveröffentlicht in »500 GRAMM« Nr. 0 als »Die Krümmung der Geraden«

Hubert Katzmarz: Ein Meisterwerk der Weltliteratur
erstveröffentlicht in »Die Ewige Bibliothek«, Nachdruck bei p.machinery

Die Autoren

Uwe Appelbe

Uwe Appelbe hat sich als Autor, Dozent und Film-Kurator einen Ruf erworben. Er publiziert in Filmzeitschriften, Museumskatalogen und Magazinen, darüber hinaus ist er als Initiator und Herausgeber der »*Sammlung klassischer englischsprachiger Geistergeschichten*« (*The Green Room*, 2017) hervorgetreten. Im Eifeler Literaturverlag sind zwei seiner Romane erschienen: »*Sterbende Stadt*« (2021) und »*Ein sanfter Mann*« (2024).

Seinen umfangreichen Erzählband »*Draußen in der Nacht*«, gestaltet als eine Art literarisches Reisebuch, legte er bereits 2017 vor. In den Horrorgeschichten bestimmen dunkle Mächte das Schicksal der Reisenden. Es sind unsichtbare Widersacher, gegen die weder Pflöcke noch Kruzifixe etwas auszurichten vermögen. Appelbe lädt zu Ausflügen durch die Städte Südenglands und Wales' ein, bei denen das Unheimliche und Verderbte nicht nur in alten Schlössern lauert, sondern auch in modernen Apartments anzutreffen ist.

Uwe Durst

Nach seinem Romandebüt »*Die dunkle Herrlichkeit*« im Mitteldeutschen Verlag eroberte sich Uwe Durst mit den Kurzgeschichtensammlungen »*Phantasmagoriana*«, »*Das Bestiarium*« und »*Der Obstdieb*« eine treue Leserschaft, die seine rätselhaft verdichteten, abgründigen und verstörenden Texte zu schätzen lernte.

Uwe Durst hat sich seither mit einer unverwechselbaren Stimme, mit der er von Jenseitigem, Diesseitigem und Übernatürlichem erzählt, einen Namen gemacht. Das Unheimliche, so zeigt der Autor eindrucksvoll, ist das Verborgene, das aus der Heimlichkeit heraustritt. In den besten Momenten verführt es zu einem ebenso lustvollen wie quälenden Voyeurismus, vor dem der Leser selbst erschrickt, der es ihm aber unmöglich macht, den Blick abzuwenden.

Andreas Fieberg

Im Hauptberuf Mediengestalter, betätigt sich Andreas Fieberg auch als Autor, Herausgeber, Lektor und Übersetzer. Er gibt die Anthologie-Reihe »*Gegen unendlich*« heraus und zeichnet zusammen mit Michael Siefener und Ellen Norten für *daedalos, den Story-Reader für Phantastik* verantwortlich. Von ihm sind zwei Kurzgeschichtensammlungen erschienen: »*Der Traumprojektor*« (vhk) und »*Im All ist immer Mitternacht*« (edition gedankenstrich). Seine Geschichten sind gleichermaßen im Kosmos wie auf der Erde angesiedelt, sie erzählen von Zukunft und Vergangenheit, Utopisches und Unheimliches reichen sich die Hand und gehen eine phantastische Verbindung ein.

Hubert Katzmarz

Der früh verstorbene Autor und Verleger Hubert Katzmarz sah sich als »Experte für Alpträume und Katastrophen, der sich seinen Blick auf die Realität nicht vom schönen Schein verstellen läßt« und seinen Lesern »die rosarote Brille von der Nase schlägt«. Wer sich jedoch darauf einlasse, werde mit neuen Erkenntnissen und Sichtweisen belohnt.

Seine Geschichten haben die Rätselhaftigkeit und Labyrinthartigkeit der Welt zum Thema, in dem sich seine Helden verlieren und untergehen. Doch kommt es immer wieder vor, daß sich in die kunstvollen Erkundungen des Rätselhaften ein scharfsinniger Humor mischt, der ein befreiendes Lachen beschert.

Unter dem Titel »*Im Garten der Ewigkeit*« ist eine Werkausgabe seiner Texte bei p.machinery erschienen. Im selben Verlag wurden das Romanfragment und die Novellenfassung von »*Ein Meisterwerk der Weltliteratur*« zu einem Band zusammengefaßt. Zwei Anthologien versammeln Storys, die sich auf seine Erzählung »Willkommen in Bleiwenheim« beziehen.

»Das ist ein wunderbar gruseliges Buch, klassischer Horror
… gut und bedacht geschrieben. Uwe Appelbe hat hier
ein beachtenswertes Debüt hingelegt.«
Xtme zu Draußen in der Nacht

Uwe W. Appelbe
Draußen in der Nacht
Unheimliche Erzählungen
Randexistenz/epubli, 2017
ISBN 978-3-7467-0465-4

Uwe Appelbe
Sterbende Stadt
Roman
Eifeler Literaturverlag, 2021
ISBN 978-3-96123-0150

Uwe Appelbe
Ein sanfter Mann
Roman
Eifeler Literaturverlag, 2024
ISBN 978-3-96123-0877

»Eine originelle Idee wurde mit poetischer Gestaltungs-
kraft zu einer kleinen Perle der phantastischen Literatur
geformt.« *SFCD-Literaturpreis für Der Fall des Astronauten*

Andreas Fieberg
Im All ist immer Mitternacht
Geschichten
edition gedankenstrich 2021
ISBN 978-3-759766915

»Phantastische Kurzgeschichten, die den Leser kalkuliert fordert. Neben unerwarteten Wendungen durch eine andauernde Merkwürdigkeit des Erzählten.«

André Vollmer, mellowdramatix.de

Uwe Durst
Der Obstdieb. Erzählungen
Hardcover mit Schutzumschlag,
fadengeheftet, mit Lesebändchen
140 Seiten
Norderstedt (BoD) 2023
ISBN 978-3-756858941

Uwe Durst
Das Bestiarium. Erzählungen
Hardcover mit Schutzumschlag,
fadengeheftet, mit Lesebändchen
118 Seiten
Norderstedt (BoD) 2020
ISBN 978-3-752624427

Uwe Durst
Das Bestiarium. Erzählungen
Softcover, geleimt
128 Seiten
Norderstedt (BoD) 2023
ISBN 978-3-758300233

Uwe Durst
Phantasmagoriana. Erzählungen
Hardcover mit Schutzumschlag,
fadengeheftet, mit Lesebändchen
115 Seiten
Norderstedt (BoD) 2013
ISBN 978-3-732243006

Uwe Durst
Phantasmagoriana. Erzählungen
Softcover, geleimt
128 Seiten
Norderstedt (BoD) 2023
ISBN 978-3-757881566

»Seine Geschichten sind nichts für nebenbei und zwischendurch, sondern – im besten Sinne – unzeitgemäß, abseits,
abgründig. (...) Und davon, von dieser Art Phantastik,
hätte man gerne mehr.«   *Helmut Petzold, Diwan, Bayern 2*

Im Garten der Ewigkeit
Das Werk des Hubert Katzmarz
Texte und Fragmente
hrsg. von Ellen Norten
Hardcover mit Schutzumschlag und Lesebändchen
p.machinery 2023
ISBN 978-3-95765-308-6

Abschied von Bleiwenheim
in memoriam Hubert Katzmarz MMXXIII
hrsg. von Andreas Fieberg
Hardcover mit Schutzumschlag und Lesebändchen
p. machinery 2023
ISBN 978-3-95765-347-5

Rückkehr nach Bleiwenheim
hrsg. von Andreas Fieberg und Ellen Norten
Hardcover mit Schutzumschlag und Lesebändchen
p.machinery 2023
ISBN 978-3-95765-348-5

Hubert Katzmarz
Ein Meisterwerk der Weltliteratur
Roman und Novelle
hrsg. von Andreas Fieberg
Hardcover mit Schutzumschlag und Lesebändchen
p.machinery 2023
ISBN 978-3-95765-353-6